有五個
姊姊
就註
單
U0028787
3
啞鳴
圖・迷子燒

李家家訓

第一條　弟弟中邪要找姊姊收驚

恐懼是什麼？

我常常思考這個問題，每當恐懼來臨時所伴隨的顫抖、心悸、口渴、寒毛直豎，都讓我非常不舒服，雖然這種情緒並不常出現，但是每次都讓我膽顫心驚，尤其是靈異驚悚的事件。

思維一片混亂，反而會讓我好點，不斷在追究恐懼是什麼的過程中，我會轉移注意力，得到某種平靜。

所以恐懼是什麼並不重要，重要的是我探索它的過程。

「呼……」緩緩吐出一口濁氣，好多了，自我調適果然有用。

這裡，不管是溫度還是氣味總會給我安全感，每次我遭受驚嚇，第一時間就是往這衝來。

在吐納之間，我逐漸恢復正常，腦袋也可以開始思考，那位唷學姊到底是怎麼回事？是人是鬼我先不管，她為什麼要找上我呢？甚至連戀鬥社社長元希學姊都說我是她看上的人，這已經比《藍色蜘蛛網》還要離奇了啊。

我該怎麼辦？

總不可能說見到鬼就蹺課不去上學，這個理由只要跟大姊稍稍一提，就是肚破腸流的下場。

總之，現在要考慮的是，被鬼嚇死好，還是被大姊打死比較好呢？

我明明就還有七十年左右的壽命，為什麼宇宙主宰要逼我做出如此殘忍的抉擇？

「這不公平啊啊啊啊！」

「我知道……我知道，龍龍乖乖喔，『怕怕』統統飛走，咻～『怕怕』飛走吧！」

「五姊，妳是真的把我當幼稚園的學生在哄嗎？」

「沒辦法呀，你看你嚇成這樣，見到鬼似的。」一身淺藍色睡衣的五姊，用自己的袖子替我擦掉額間的冷汗，「每次你一怕，就要躲進大姊的被窩裡，害我還要到大姊的房間找你，真是的，我的被窩就不行嗎？」

「現在不是討論被窩的時候吧。」我蜷曲四肢，躲在大姊的棉被內，頭枕在五姊的大腿上，「而且、而且……我大概有五年，不、不止，大概有七、八年沒躲在這裡過了。」

「有什麼關係，大姊又不會笑你。」五姊不斷輕撫我的背，像是突然想到什麼，「對了、對了，二姊曾經教過我，安慰害怕弟弟的隱藏祕技。」

一聽到二姊，我就心生不妙之感。

果不其然，五姊離開我，跑去自己房間換了一套衣服。

我透過棉被露出的一點縫隙觀看，再度確認這是二姊傳授的爛招無誤。

五姊換掉睡衣，穿了一件很奇怪的衣服，只用一塊白布遮住身體正面，然後多幾條綁帶繫在腰上，就跟煮菜用的圍裙……等等，靠，這真的是圍裙啊！

「二姊說，女生裸體穿圍裙對男生來說會產生特殊的療癒效果喔。」五姊興致勃勃地上床，重新讓我躺在她光滑的大腿上。

從一個男人的角度出發，二姊說的很正確，白色的圍裙根本包覆不住五姊的胸部，左右兩邊滿出來的肉，真的殺傷力十足啊。

但是從一個弟弟的角度出發，妳還是殺了我吧，二姊！

「感謝妳的好意，但是五姊，妳還是換回來吧。」

「沒有效果嗎？」五姊一副了然於胸的模樣，「還好二姊有告訴我，只要把圍裙下襬剪短一點，就會變成乩童了，可以收驚喔！」

「剪短的圍裙還是圍裙，不會變成肚兜啊！」

「當然還要再念特殊的咒法跟符水才有收驚的效能，嗯，二姊說的。」

「叫二姊不要再汙辱臺灣的民間信仰了吧！」

「所以……還是沒有效果嗎？」五姊失望地看了圍裙一眼，「是不是我最近變胖了？而且都胖在胸部，討厭……」

這句話要是讓大姊和四姊聽見應該會爆炸，五姊的無心抱怨，可能會為自己引來殺機啊。

「效果很棒，我已經不那麼怕了。」現在就算怕也要硬著頭皮說不怕。

「如果還不夠，二姊還有偷偷教我一招，只能用在未來丈夫身上的必殺技……」

「可、可以了。」

「二姊有從日本寄一張泰國浴的教學光碟給我喔！聽說只要洗過一次，什麼痛苦和煩惱都會不翼而飛，龍龍想試試看嗎？」

不要再被二姊汙染！五姊醒醒吧！

不行，再這樣下去，她會更鑽牛角尖，越是不讓她幫忙，她就會開始自責，懷疑自己是不是做得不夠好，絲毫沒發現有些事是絕對不能做的啊！

轉移話題——我使出這招，結束這個回合。

「五姊，妳怕鬼嗎？」

「完全不怕喔。」

「那妳到底怕什麼？」

「……欸，我想想。」

「這還需要想？」我由下往上想看她苦思的表情，但是看不到，因為被兩團肉擋住。

「對啊。」五姊側過頭，髮絲垂落在我的臉上，「衣服穿反去上學的時候……算嗎？」

「我是說，怕鬼、怕老鼠、怕蜘蛛、怕蛇、怕蜈蚣之類，天生的恐懼，衣服穿反只不過是很丟臉而已，有什麼好怕？」我特地補充一下。

「喔喔喔。」五姊再度陷入沉思，片刻後恍然大悟道：「我想到了，就是被你們誣賴腳臭的時候啊，害我那天還作惡夢，夢到因為腳臭，班上同學沒人要跟我說話，連老師都不願意上課欸！」

我真的很佩服她的神經，非常粗、非常大條，所以養成天不怕地不怕的無敵性格，記憶中我真的沒見過五姊害怕什麼，甚至連紅蘿蔔、茄子、苦瓜都不怕，什麼都吃，從不偏食，喔對了，還有去遊樂園，雲霄飛車、大怒神、各式恐怖遊樂設施也都不怕，天下無雙。

不對，五姊還怕醫院啊，所以其實她是怕到腦袋自動刪除掉了吧？或者是純屬討厭醫院而不是害怕醫院？

當我胡思亂想到一半。

砰！

大姊的房門突然被一腳踹開。

來者嚷嚷道:「膽小蟲還躲在被窩嗎?真是羞羞臉!」

「這是大姊的門喔。」五姊提醒。

來者的身體立刻抖一大下,再畢恭畢敬地將門關上,我想四姊唯一恐懼的事物恐怕就是大姊吧,好慘。

四姊走到床邊,溫柔地將大姊的棉被掀開,再粗暴地一腳踢在我的屁股上,「給我起來!該是面對問題的時刻了!」

五姊立刻心疼地搓揉我的屁股,我也立刻阻止她的行為。

「五妹,這條蟲借我一下。」四姊雙手扠腰。

「不要……妳都欺負他。」五姊嘟起嘴。

「妳們別爭了。」我出聲打斷,其實四姊說得對,該面對的還是要面對。

我今年十七歲,已經不是一害怕就躲進大姊被窩的年紀,不過我還是要再強調一次,我這毛病已經很久沒發作,純粹是因為白日見鬼實在太過可怕。

既然我都開口,五姊便依依不捨地讓四姊將我帶走。

我們這次沒在家裡很奇怪的地方談話，反而是坐電梯，到我家樓下的花園去。

其實天色已經很暗了，我不懂為什麼要到這裡。

就算這是社區人人可以使用的公共場所，但是在半夜的時候，還是冷清無人，偶爾吹來的風讓枝葉擺盪，幾盞路燈閃爍寒光，窸窸窣窣的聲響若有似無地出現。

「現在能救你的方法只有兩個。」四姊邊走邊苦惱地說：「第一個，就是趕快脫離戀鬥社，第二個嘛……」她欲言又止。

雖然我常常認為四姊是個自以為聰明的笨蛋，但是在紫霞事件過後，我不得不承認她有超乎我想像的能力，說不定真能讓我擺脫唷學姊的糾纏。

「到了。」

她停下腳步，剛好位在兩棵等人高的景觀矮木之中，這裡我記得特別清楚，四姊曾經在此處施行某種怪異的儀式啊，難道她所謂的第二種方法，就是……

「我們要請求至高的殤神．淚天的幫助，跪下吧。」四姊硬是拉倒我，讓我跪在身邊，她才從土中挖出一臺用密封袋包裹的平板電腦，喃喃道：「闇魂血族是遠古神族中最強大的一支，在開天闢地時期，被宙斯、上帝、佛陀、玉皇大帝四神聯手擊敗，所以才不夠出名……不過你別小看偉大的殤神喔。」

「嗯。」我已經在想哪間精神病院能夠收留我家可憐的四姊。

「這是殤神的『寄靈像』，是祕密，你絕對不能說出去。」她在瀏覽器上輸入一串網址，馬上跳轉到一個全黑的頁面，她再輸入密碼，最後螢幕顯示一團黑糊糊的不規則形體，像液體、又像氣體，還緩慢地蠕動，看久了……真的有幾分詭異。

「殤神入駐無限的網路世界中，這是祂的分靈之一。」四姊嚴肅地催促我，「時間有限，快點把血液獻祭上去，就能夠得到血之祝福，唷學姊絕對不敢再找上你。」

原本我想配合演出，但是當四姊掏出一把瑞士刀，要我割破拇指把血滴在平板電腦的螢幕上時，我就決定放棄了。

「我們還是回去……**啊啊啊啊啊啊！**」我的食指已經被戳破一個洞，就在我剛開口的瞬間。

四姊握住我流血的食指，在平板螢幕上快速寫下全世界沒人看得懂的咒文，然後原本一團黑糊糊的物體開始快速旋轉，像是真的吸收到我的血液般，開始脹大縮小直到碎成無數的細小顆粒後慢慢消失，最後網頁自動關閉。

「由衷感激至聖至尊的殤神，讓我們獲得您的祝福。」四姊自顧自地彎腰，進行虔誠的儀式，完全不管我的手正在噴血。

我繼續怪叫：「啊啊啊啊啊！」

「吵死了！」四姊嗔道：「男子漢大丈夫，一點小傷口就叫叫叫！」

「太深啦……看到骨頭啦啊啊啊！」

「怎麼可能，笨蛋，骨頭是灰白色的，才不是紅色。」

「那是因為上面都是血啊啊啊啊！」

「是、是嗎？」四姊雙肩一縮，緊張地問：「那該怎麼辦？」

「叫醫生……」

「喔、喔好……等我。」四姊站起來，慌忙地轉圈，顯然根本找不到手機，「你、你先把食指含在嘴裡，這樣子血就會喝回去，就、就不會失血過多了。」

「自體血液循環是吧……」我的腦血管氣到快爆開。

「對，對……沒錯沒錯。」

四姊雙手一拍，絲毫沒注意到身後出現的巨大身影……

「對、個、屁!!」

有如巨人進擊的大姊直接用拳頭打在四姊的腦袋瓜子上，「你們半夜不回家睡覺，是又在這搞什麼鬼！」

四姊摸頭哀號：「嗚嗚嗚……我沒有……」

「弟弟的手指怎麼在流血？」大姊的長髮在夜風中擺動，不怒自威。

「是、是他的皮太薄，所以、所以才割一下就見到骨頭，絕對不關我的事，我是無辜的啊，都是弟弟的錯。」四姊有夠委屈。

「哇……」我除了這個驚嘆詞，目前沒辦法用第二個字形容。

大姊抿起嘴，狠狠地捏四姊的屁股，威脅道：「就不要讓我知道妳又開始沉迷網路邪教，要不然我會用衣架抽爛妳的屁股……明白嗎？」

「沒有……我沒有……」四姊是真的要哭了。

「馬上給我回去洗澡刷牙上完廁所躺好在床鋪上，等等我要檢查，假如沒睡著，妳就完蛋了，懂嗎？」

「是、是的……」

傷害罪的現行犯就這樣抱起平板電腦一溜煙逃走，完全不管被害者的傷口仍在失血，就好像根本沒發生過任何事一樣，真不愧是我親愛的四姊吶。

「我剛下班回家，你們就給我搞到見血，以後金玲發神經的時候，你要會抵抗啊，不然都把她寵壞了。」大姊脫掉身上深藍色的襯衫丟給我，「先用這個按著傷口止血，我開車帶你掛急診吧。」

「不過……四姊也是好意……」

我說到一半，才發現大姊上半身只剩黑色的運動型內衣，再低下頭看見被染紅的襯衫，驚覺這位姊姊也不是很正常的人物。

我們一起離開花園，按電梯到地下室取車，路途中我真的很擔心會碰到男性的住戶或訪客，倒是大姊完全悠然自得地說：「你們都長大了，有些事我不會多管，弄傷自己也好，去闖禍也罷，我都不管，但是切記……要在無法收拾之前告訴我，我才有辦法替你們擦屁股。」

「我知道，目前事情還不嚴重。」

「嗯……還有，替我多注意你四姊最近是不是有什麼怪異的行為，我要第一時間知道。」

可是四姊從早上雙眼睜開的瞬間到上床睡覺為止，中間的每分每秒都很怪異啊。

「我知道了……」反正先答應再說吧。

終於走到大姊的車邊，我四處張望，還好沒有半個人在停車場內。

「順便帶你去兜風，享受ＢＭＷ　Ｚ４的威力。」大姊用遙控器解開新車的鎖，「怎麼？還不上車？」

這樣不行，我忍無可忍，把自己的運動衣脫下來套在大姊的脖子上，「妳穿吧，外面色鬼很多，我是男生我知道。」

大姊原先有點詫異，但隨即綻開笑容，摸摸我的頭髮說：「已經會照顧姊姊了嗎？」

「快穿啦。」我紅著臉甩開頭，看她衣衫不整，簡直比我全裸還難過。

「嗯，走吧，讓我們去救回你的手指！」

定睛在縫了四針的食指上，外面還裹上一圈繃帶，已經看不見傷口。

小夢有特別來慰問我，但我說是被門夾到，暫時打個哈哈隱藏過去。

物理課時，老師在講臺上滔滔不絕地講解「直線運動」，因為認真聽也聽不懂的關係，所以我就乾脆不認真，不過還是得假裝在抄筆記，我吃力地拿起筆，藍色的墨水在紙上建構的不是物理公式，而是一名沒有臉的少女，她有兩串辮子。

我畫的唷學姊很醜，其實在我印象中，她給我的感覺就是一位天真無邪的女孩。

但是，被嚇過一次就夠了，無論如何，我都不想再和戀鬥社與唷學姊扯上任何關係。

該怎麼辦呢？我眉頭緊鎖，運筆如飛，嘴裡無聲碎念。

「喔喔，這節課狂龍同學特別認真啊。」講臺上的老師還特地稱讚我，引起所有同學的側目。

我朝老師點點頭，比出一個讚，短短一秒鐘，我又投入偽裝抄筆記的動作中。

老師冷冷道：「可是，狂龍，我們正在隨堂小考啊……你在筆記本上塗什麼鬼呢？」

「……」我停下筆，錯愕。

「到後面去罰站吧，你零分。」

全班哄堂大笑，我夾緊尾巴，自動到教室後筆直站立，其實這樣也不錯，目前我最大的麻煩絕對不是牛頓三定律，而是超越一切物理科學的唷學姊啊。

不用分心假裝抄筆記，我反而更能夠集中精神，特別想到戀鬥社社長說過，唷學姊是社團的守護神，所以換個方向去想，我只要脫離戀鬥社，就不會再被鬼魂糾纏。

對，解決的方法很簡單，我的食指根本白白挨了一刀，殤神・淚天就是狗屁，靠神不如靠自己。

老師講解到一個段落，逕自走下講臺，換班長上臺報告校慶運動會的事，要求大家開始報名組隊，有不少比賽和工作需要大量人力。

這都跟我沒關係，我的雙眼從後方掃描整個教室，每一個人都在我的視線內，視神經開始傳送影像給大腦解讀，大腦配合過去的記憶，開始淘汰、選擇，這過程非常繁瑣，不知不覺已經下課。

老師都走了，我還站在教室後的垃圾桶旁。

「李狂龍，你會打籃球嗎？」太過專注的情況下，連不耐煩的班長走到我面前，我竟然都沒發現。

我聳聳肩道：「是打不贏詹姆士。」

「那還滿厲害的啊，要不然你參加籃球隊吧。」

從開學到現在都沒給過我好臉色的班長，難得露出笑容，只不過這笑有點僵硬，跟牆壁年久失修的裂縫很像。

「啊我沒辦法。」我搔搔頭，問：「請問班長，妳有男朋友嗎？」

「沒有。」班長依然保持微笑，「再考慮看看吧，要不然去跑大隊接力？我們還差兩個。」

「不了。」我邊搖頭邊好奇地問：「妳品學兼優，深受老師的喜愛，應該很受男生歡迎才對吧？」

「並沒有。」班長笑著拿起垃圾桶蓋，當我的面藏在背後，「要不然，籃球隊的板凳吧，只要先發沒受傷，你就不必上場喔，可以嗎？」

「抱歉，我真的對運動毫無興趣欸。」我躬身道完歉，再問：「我可以冒昧問一下，班長喜歡的男生類型是什麼呢？我想瞭解現在高中女生的喜好。」

「原本我以為可以忍受十分鐘……」

班長的笑容凝固，隨後崩塌，拿著垃圾桶蓋，瞄準我的喉結，準備狠狠地敲下去，「但，光是十分鐘我就受不了了呀呀呀呀！」

我一手抓住她的手腕，阻止逼近的垃圾桶蓋。

向前一跨。

扶住班長的腰，身體轉動九十度。

我們的立場頓時互換。

她靠在牆，我站在她面前，距離只有十公分。

「班長，我能不能問妳一個問題，一個就好。」

我湊到她的耳邊，用低沉的氣音說話。

「什、什麼問題……我、我不知……」

「妳可以跟我交往嗎？我願意當妳的男朋友……直到……大概，嗯，四十八小時過後。」

這句話吐出，彷彿解放了壓抑許久的某種衝動，我舒適地瞇起雙眼，這感覺，我知道，太熟悉了——

告白狂魔再次回歸吾身！

用狗急跳牆來形容此刻的我最恰當了。

正所謂「帥哥告白馬上好，臭宅告白性騷擾」。

原本我還以為用強硬一點的動作和語氣，能讓班長在迷茫之間點頭答應，但萬萬沒想到她失神的時間大概只有短短三秒，等看清楚我的臉以後，先是賞我一巴掌，大喊「有變態，性騷擾」，然後教官讓我去訓導處一趟。

回想整個久違的告白，每一個細節、每一個字的語調、每一個互動的協調性，都應該是無懈可擊才對啊，就如同格鬥電玩，久久放一次大絕招，照理來講要一擊必殺才是。

「唯一的錯誤，只有一個……就是『我的臉』。」我看向鏡中自己右邊臉頰上的紅腫，不禁默默嘆息。

「不愧是阿米巴原蟲，真是笨得徹底。」四姊穿著日本浮世繪圖紋的連身帽T，怪裡怪氣地說：「脫離戀鬥社和擺脫唷學姊是兩件事啊，隨便找人告白，難怪會被打。」

「不，是一件事，我決定採用妳之前的方式，先隨便找一個女生交往，再用最快的速度申請退社，搞定所有問題。」我信心十足，依告白狂魔的能力，明天一早最少能跟十位女同學告白，這樣大概不出一個月，整個聖德高中的女生都會被我告白，其中一定會有大慈大悲或神智不清的人肯答應。

「……只不過，為什麼是你們班班長？」臉藏在兜帽下的四姊，讓我無法分辨她的意思。

「就剛好在我面前啊。」

「是因為她胸部很大對不對？可惡，你這色鬼，有夠噁心！」

「……」

「不說話就是默認。我就說吧，你這種只想繁殖的蟲類，想的都是這些骯髒的東西！」坐在自己床邊的四姊撇過頭去，不願意再多看我一眼。

我要說服自己，不要試圖理解四姊的想法，一旦我的思維與她同步，那就代表我的腦子也出現問題了。

「四姊，叫我到妳房間，不會只是想罵我一頓吧？」我環視原本是四姊和大姊共用的房間，現在大姊搬去主臥室後，這裡不知不覺間已經被四姊的雜物占滿。

木板、金屬片、彈簧、大方盒、整櫃瓶瓶罐罐的不知名藥劑，牆上掛滿電鋸、柴刀、活動扳手、瓦斯罐、點火噴槍、熱熔膠槍、鐵尺……反正一大堆不尋常的道具器皿，卻都有一個共同的特性，就是不應該在少女的閨房內出現。

「我就是想罵你，怎樣？不行嗎？色蟲色蟲色蟲！」她邊罵邊從床底端出一碗血紅色的液體。

「那我先告退了，再見。」

「不准走！」

「四姊……最近大姊已經盯上妳了啊。」

「把衣服給我脫掉！馬上！」

四姊先恭敬地將碗擺上書桌，立刻衝來一手關上半掩的門，用實際行動告訴我，「無處可逃」的真正含意。

「妳、妳不要過來……再來、再來我就要叫了喔。」

「大姊這陣子都忙到很晚才回來，就算喊破喉嚨也沒人救你。」

我想逃，但是她更快一步，攔腰抱住我，限制我的行動自由，再慢慢地將我拖到床上，這畫面立刻讓我聯想到蜘蛛這種生物，先用蛛網黏住獵物，最後才細嚼慢嚥。

「四姊，妳先冷靜下來啊！」

「現在已經不是冷靜的時候了！」

「不過妳脫我衣服要幹麼……這不對勁吧。」

「快點脫掉，把身體露出來！」

「四姊……妳停下，我們都已經長大、和小時候不一樣了啊。」

「一樣，你是我弟弟，所以都一樣！」

「不，我是說力氣不一樣！」

原本我被四姊壓倒，上衣已經被脫掉，下半身好一點，不過也只剩四角內褲而已，再這樣下去會造成無可挽回的錯誤，於是我一出力，情勢馬上逆轉，變成四姊被我壓在下面，她的雙手被我的雙手按在枕頭上。

我和她臉對臉，好近。

彷彿受到莫大屈辱的四姊雙頰緋紅，撇過頭去不願與我對視，掙扎了幾下，卻徒勞無功。

「放開、放開我！」

「妳先說，脫我衣服到底要幹麼。」

「不要，我不說。」

「妳最近真的很怪欸，到底發生什麼事了？」

我這一問，讓四姊冷靜下來，雙手被制的她果然沒辦法抵抗，只能乖乖回答我的問……

嗯？

「啊啊啊啊啊啊啊！」

下半身突然傳來的劇痛讓我滾下床，四姊這卑鄙小人竟用腳踢我的要害，完全不管李家絕後的問題。

獲得勝利的四姊從容地爬起來，一屁股坐在我疼痛的位置，拿起書桌上的碗和毛筆，竟然在我的胸口上塗鴉起來。

她到底在幹麼？

四姊異常的專注，毛筆在肌膚上游移，搔癢感讓我有一點難受，可是看她進入某種無念無想的境界，又很好奇到底畫了什麼。

大概三分鐘吧，我終於忍不住癢意奮力坐起，四姊剛好也停下筆，滑坐在我的大腿上，低頭端詳我的身體。

這姿勢太奇怪了、她的眼神太奇怪了。

我利用掛在牆上的金屬板反光，總算是看清楚，我的胸口滿滿都是用血紅色液體構成的符文。

「這、這是什麼？」

四姊與我仍保持觀音坐蓮的姿勢，用鑑賞某件藝術品的口氣說：「我成功了，一氣呵成，『血之雕紋』搞定。」

「四姊，妳還是說中文吧。」

「哼哼，為了防止再有女鬼找上你，在血之祝福以外，我另外替你加持血之雕紋，這下再厲害的鬼都不能靠近你了！」四姊很得意。

「……我該說謝謝嗎？」

「要不然勒！忘恩負義的廢蟲！馬上道謝喔！」

「這可以洗掉嗎？」

「道謝！道謝！」

好險四姊體型嬌小，我不費吹灰之力就將她抱起，然後扔在彈簧床上，唉……只能去洗第二次澡了。

「道謝道謝道謝道謝道謝道謝！」四姊一雙短腿亂踢，把自己的枕頭和棉被都踢落。

我替她撿起放好，不小心又嘆了第二口氣，「我被唷學姊糾纏也是我的事，妳那麼認真幹麼？」

四姊盤腿坐起，嘴巴翹得高高，恨恨地用斜眼瞪我，「自私蟲，真自私。」

雖然搞不懂她為何罵我自私，但見她又怨又怒的表情，我失笑道：「妳是顏面神經失調嗎？」

「才不是，你這條該死的自私蟲！」

「那不然勒？」我問。

四姊嘖了聲，脫掉身上的帽T，頭在穿過領口的時候，動作特別笨拙，讓我又再次嗤笑，當然她哼哼兩聲當作回禮。但是當她脫掉裡頭的貼身小衣時……我漸漸覺得氣氛不太對勁。

「看什麼看！沒看過喔！」四姊雙手抱胸，遮住其實很容易遮住的水藍色胸圍。

「喔，抱歉。」

我從迷惘中醒來，打算馬上離開。

「站住！得到好處就想逃？」

「什、什麼意思。」我已經覺得不妙。

「替我畫啊，萬一唷學姊找上我怎麼辦？」四姊向前一趴，露出整個光滑的背。

「不管是人是鬼，對妳都是敬而遠之吧。」

「……請問李狂龍先生，你剛剛說什麼呢？」

真不愧是姊妹，此時四姊的甜美笑容，讓我隱約見到大姊的身影吶。

我小心地問：「妳要先告訴我，是不是有什麼陰謀……為什麼妳要冒著被大姊修理的風險幫我驅鬼？」

好啦，其實是手指的傷口還沒拆線，我實在不想再添加傷口。

「沒有原因。」

「沒有原因？那就更啟人疑竇了。」

「才、才沒有。」

「四姊，妳就直說吧。」

「沒、沒有就是沒有。」

「那我走了，多謝妳的血之雕紋，唷學姊找來家裡時，沒辦法接近我，就只好接近妳了。」

四姊打了個冷顫，看來李家並不是只有我怕鬼而已，以鬼制姊，似乎頗具功效。

「不准你走……不准！」

「喔，掰掰嚕。」

「難道在你心中，我是壞蛋，我會有陰謀，就不可能是我單純不想見到你害怕而已嗎？」

四姊說完一串不像是她會說的話後，通紅的臉蛋立刻就埋進棉被裡，不再讓我多看一秒。

她是生病了嗎？沒有陰謀的四姊還算是四姊嗎？

「妳……」

我剛出聲，她整個身體扭動，很彆扭地說：「走開！走開！我不要了！讓唷學姊嚇死我算了！」

依四姊的個性，說不要就是「要」，說要去死就是「再不依我，弟弟就準備死一死」的意思，所以我一手端起半滿的血色液體、一手握住毛筆，坐在四姊身邊，她還是趴在床上，只用屁股和背面對我。

「……畫在背上效果一樣。」她悶聲道，已經不想死了，真的有夠快。

「圖案呢？」

「枕頭邊的平板電腦有詳細的畫法。」

「喔，那我動筆了，太醜妳別介意，萬一醜到無法發揮效果，請自行承擔風險。」

「等一等！笨蟲，我的內衣沒脫掉啊，要是弄髒大姊買給我的內衣……我就、我就割掉你！」

「妳是沒手喔……」

「四姊，粗乃丸！」

當五姊興致勃勃模仿起網路最新口頭禪賣萌的瞬間，她推開四姊的房門——

我正跨坐在四姊的屁股上，整個人快重疊在四姊背後，因為血之雕紋有些地方很細小，必須很靠近才畫得精確。一共三百四十一道線條，我已經耗費一個多小時，就在完成之際……

天地無聲。

除了怕癢的四姊以外。

「不要……那裡……停……不行了，真的不行了，不要！不要……讓我休息一下，不可以再來了……不要……啊啊啊啊……」

五姊手上的蛋糕墜落，完全無視我和四姊身上滿布的紋路，進入完全想歪的模式。

「五妹，我們……沒有怎樣，不是妳想像的樣子。我們只是在畫畫而已，妳看我的……」四姊焦急地坐起，被我解開的水藍色胸罩就這樣滑落，「啊！」

對不起，五姊，想歪並不是妳的錯，真正的禍首就在我的胯下，我應該順便把她掐死才對。

四姊匆匆撿起棉被一角遮住一絲不掛的胸部，眼角還掛著因為太癢而擠出的淚水，原本舌粲蓮花的嘴現在支支吾吾，連一句完整的話都說不清楚。

說真的，身為一個單身處男，我這輩子到底還要被抓姦幾次呀？

「不可以！不可以！不可以！」五姊邊哭邊跑過來，一把將我推倒，「你們是姊弟，不可以這樣，近親相●是不對的啦！不對不對不對！」

原來，我已經從被抓姦進化到近親相●了。

隨後。

事情的發展，就和我預期的一模一樣，並沒有太大的意外，第N屆「弟弟批鬥大會」就在我家的客廳展開，這次主要攻擊的對象當然還是我，只不過四姊穿好衣服後竟依偎在大姊懷裡，一副準備看戲的模樣，這是怎樣？

現在的季節已經接近夏天，照理來說客廳應該要很熱才對，但這股從大姊身周散發出的冷意是怎麼回事？連五姊抱出來玩卻忘記放回去的熊貓吉都不忍直視我，是怎麼回事？

我居然產生被布偶同情的錯覺了！

「四妹，怎麼回事？」一家之主的大姊身兼法官，一開始就向被害者詢問。

等等？被害者？這其中一定有什麼地方搞錯了吧！

四姊委屈地揉揉眼睛，瑟瑟發抖地說：「我就說人家不要了……他還是要硬上……嗚嗚嗚嗚……都是他、都是他的錯……」

「……」我想死。

「弟弟，金玲真的有拒絕你嗎？」

「四姊的確有叫我走開不要過來，可是……這擺明是鬧脾氣，請大姊明查啊。」

跪在地上的我趕快叩首。

「他還把我的內衣解開……這是真的……」四姊掩面假哭，說完後還彎起嘴角偷笑。

真的有夠假，難道這個家只有我看到嗎？

對，真的只有我看到。

大姊跟四姊並肩坐在沙發上，五姊還深陷在過於震撼的畫面中，蹲在牆角發呆無法恢復，三姊一如往常待在房間內，對自己弟弟見死不救。

「怎麼可以發生這種事呢？」大姊質問，語氣冰冷。

「大姊，小弟冤枉啊。」

「把整個詳細的過程說給我聽，我自然會判斷誰對誰錯。」

不愧是象徵真理與正義的大姊，我調整一下跪麻的雙腿，正準備把滿腹委屈說出來之前……無恥的四姊率先打斷我澄清的機會。

「大姊……嗚嗚嗚……事情是這樣的，弟弟原本躲在房間看色情影片，見到我走去他的房間，他就、他就對我產生邪念……一路跟蹤我到房間，然後他就把門鎖死，色迷迷地對我說，『大姊這陣子都忙到很晚才回來，就算喊破喉嚨也沒人救妳』，然後就把我壓在床上，開始脫我的衣服……真的真的真的很可怕。」四姊聲淚俱下，就算是我都差點以為她說的是真話。

「然後香玲剛好拿蛋糕給妳吃，順便救了妳。」大姊若有所思的點頭，代表——

吾、命、休、矣。

「對，弟弟的獸慾讓我好怕，竟然、竟然覬覦我的身體……嗚嗚嗚嗚……」四姊露出勝利的哭臉。

「我懂了。」大姊的身形一動。

我反射性地往後一縮，五姊也醒過來，要阻止大姊打死我。

可是，情況恰恰相反，大姊的目標不是我，而是將身邊的四姊壓在沙發上。

「四妹，最近妳常常騙我呢。」

「大姊……我沒……」

「是嗎？」

大姊出聲質疑，手同時伸進去四姊的帽T裡，沒有多久，四姊雙腳夾緊，身子像毛毛蟲一般不停地扭動，嘴巴半張半合不斷喘息。

「弟弟雖然色歸色，但是不至於會打妳的主意，香玲跟他共用一個房間，這麼多年來他都能忍住，怎麼可能突然色膽包天地侵犯妳。」大姊一錘定音，我差點痛哭流涕。

「姊……姊……那裡不能……真的不能摸啊……嚶。」四姊一個激靈，雙手乏力地放下，眼眶內含著真正的淚水。

大姊的手從四姊的帽T內伸出來，指尖還沾有血之雕紋殘留的血紅色液體，接著在四姊白嫩的臉頰上擦拭，冷冷地說：「誣賴自己弟弟，罪不可赦，禁足一個月，除了上課外不准出門，聽到沒。」

「不要，大姊偏心！」四姊倔倔地說。

「道歉。」大姊一把握住四姊的左乳。

「不要……我不要……」四姊的臉紅到快滲出血。

「嗯……不要？」

「不要……就是不道歉……」

「嗯？」

「嚶嚶……」

嗚咽兩聲，倔強的四姊還是敗給傳說中的絕招，連我這個男人都覺得大姊的捏奶手非常可怕啊。

「對不起……對不起……我恨死你們了，討厭！」道完歉的四姊立刻邊哭邊飛奔進自己房間。

誰說李家男女不平等？誰說道高一尺，魔高一丈？只要有大姊在，正義便不會屈服於邪惡之下。

大姊萬歲！我好想灑花啊！

「所以弟弟跟四姊沒有近親相●嗎？」五姊衝過來緊緊抱住我，知道自己弟弟不是禽獸後竟然喜極而泣，「太好了！太好了！以後有我在，一定會看緊你！」

我的形象真的有這麼差嗎……怎麼五姊會高興成這樣，像極了被三審定讞的殺人犯家屬，死刑前得知案情大逆轉，家人被無罪釋放一樣。

「不過……」大姊拉拉黑色小可愛的領口搧風，怕熱的她略帶不耐煩地說：「弟弟批鬥大會，主旨還是要批鬥弟弟，所以……嗯。」

我雙手一攤，不妙的念頭如排山倒海而來，大姊身上那件挖背鏤空蕾絲小可愛，根本擋不住從她毛孔散發出來的沁心殺意啊。

該怎麼辦？我忽然能理解小鹿遇到獅群的絕望感受。

只不過我碰上的是比獅群更恐怖百倍的大姊而已。

「剛剛金玲的控訴雖然大部分是假，但也有小部分為真。」

有嗎？我想問，但是不敢。

「她說弟弟看色情影片，導致身心不良發展那邊……」

靠北啊……該不會……

大姊修長的雙腿交疊，手撐在下巴道：「把所有色情影片銷毀吧，畢竟你還沒滿十八歲啊。」

靠靠靠靠靠靠靠靠靠！等等等等等等……現在不是慌張的時刻，根本就沒有

人知道我的「寶藏」藏在哪，所以非常安全，波多野醬還未曝光。

「香玲，妳知道弟弟都把那些影片藏在哪嗎？」大姊平淡地問。

不會的，我藏得隱密，基本上不可能有人……

五姊也很平淡地回答：「大姊是指數位檔還是光碟片呢？」

…………………………呃。

我目瞪口呆。

「都要。」大姊緩緩閉上眼，似乎是不忍看我等會崩潰的模樣。

「數位檔藏在電腦D槽、李狂龍的課業資料夾、高二課程講義資料夾、歷史專題資料夾、日本史資料夾、日本近代史資料夾、日本影視史學資料夾，最後在名為波多野結衣的資料夾內……」五姊用緩慢的速度念完，猶如詠唱滅殺弟弟的咒語。

如果，真如四姊所說，我是一條阿米巴原蟲的話，就不會遭受到這些折磨了吧……

「光碟呢？」

「藏在冷氣後方、書櫃第四層、高一化學筆記本、衣櫃和書櫃中的夾層，我只知道這四個地方，龍龍還有沒有額外藏在哪……我、我不確定。」五姊垂下頭，黯然道：「我是不是一個不盡責的姊姊呢？」

五姊吶，並不是妳找不到，而是妳都找到了啊。

大姊從沙發上站起，摸摸五姊的頭，欣慰地說：「已經很棒了。」

「我會更加努力的。」五姊彷彿被注入充沛的力量。

「很好，現在，去把一切汙穢的物品扼殺掉吧。」

「是的，我已經等很久了。」

波多野醬啊啊啊啊啊啊啊啊啊啊!!!!!!

雖然波多野醬已經離我而去，但在痛苦與哀悼之餘，我還是得把目前最大的問題解決。

我和四姊在戀鬥社的例行互助會，其他社友正在分組討論，而我跟四姊一組，氣氛當然非常惡劣，因為她認為是我讓大姊生氣，害她的左乳痛了兩天，到現在都不敢去碰。

和之前幾次的互助會一樣，我們自然而然會走到教室後的角落，伸手就可以拿到用社費買的點心和飲料，這裡有得吃、有得喝，大家又相處融洽，如果沒有鬼的話，其實我願意待到畢業。

「不用看了。」四姊雙手抱胸，身體靠在牆面，「唷學姊絕對不敢現身，我們現在有血之祝福和血之雕紋的加持，萬無一失。」

鬧脾氣歸鬧脾氣，該臭屁和邀功的時候，她是一定不會錯過的。

「這麼快就願意和我講話了喔，呵呵。」我咬一塊杏仁餅乾後苦笑。

「你沒有補償我之前，休想我會原諒你！」原本很凶的四姊像是感受到胸口傳來的痛苦，頓時皺起眉毛。

「就一塊小脂肪被捏而已，沒那麼嚴重吧？」我繼續吃。

「什麼叫做不嚴重？我已經兩天洗澡不敢碰了欸，萬一、萬一臭掉怎麼辦……咦？你剛剛是說一塊『小』脂肪嗎？」

「嗯啊。」

四姊撥掉我吃到一半的杏仁餅乾，一腳踩成粉末狀。

「你想變成粉嗎？嗯？」

雖然四姊想模仿大姊那股與生俱來的囂狂霸氣，但實際上是畫虎不成反類犬，可是看她真的痛了兩天可憐兮兮的慘樣，我決定假裝害怕。

「不、不想……四姊抱歉。」我裝作被嚇到，蹲在地上，抬起她的腳，把碎掉的餅乾屑撿起，「我真的很怕啊……放過我一馬吧……」

「哼哼。」很容易就高興的四姊揚起下巴，「說，你要怎麼補償我？」

「替妳把胸部洗乾淨吧，就不會臭掉了。」坦白說，我已經快要笑場了。

「色蟲！噁心死了！誰准你碰我！」

「那怎麼辦？我沒辦法補償妳。」

面對難題，四姊猶豫片刻後，才撇過頭，不滿地說：「我最近因為無聊，想出去玩一次……又剛好有一個地方想去，所以只是順便給你一個補償我的機會而已，不要就算了！」

「我可以選幫妳的胸部擦藥嗎？」

「不、可、以！」

就在四姊滿臉漲紅，準備要大爆炸的關鍵時刻，戀鬥社社長、永遠帶有高貴氣質的元希學姊剛好走來，從容地問：「怎麼了嗎？姊弟吵架？」

四姊咬牙忍住，用我擔心脖子會斷掉的速度又一次撇過頭，不願意再多看我一眼。

元希學姊沒有理她，開口問我：「你心中暗戀的對象呢？已經下定決心展開猛烈的追求了嗎？」

其實我早就忘記說過這個謊，連忙補救道：「還在確定她是不是我理想的對象，再給我一點時間吧。」

「要快啊，為了促成你，我們都已經飢渴難耐了。」

「是……我、我知道。」

「不過。」元希學姊忽然湊到我的耳邊，我的鼻腔內瞬間充滿她的髮香，「我真的好想知道是誰喔……不能偷偷告訴我嗎？」

面對在校園內有若公主般的人物突如其來的接近，讓我有些不知所措，再加上四姊彷彿光波砲的視線不斷瞪我，害我乖乖地固定瞳孔，只敢看元希學姊身上那套聖德高中制服和長髮上整排的華麗髮夾。

「放過我吧，學姊。」我求饒，因為四姊已經在磨牙了。

「真不愧是創社社長的弟弟，好可愛呢。」

「呵呵。」

我除了乾笑以外不敢有第二個動作，不管是元希學姊若有似無的鋒利氣息，還是四姊莫名其妙的惱怒，都讓我吃不消。

「唉……」元希學姊哀愁一嘆，背對我慢慢走遠，「獨生女真的很孤獨，如果我有弟弟，不知道是多美妙的事。」

我還在尋思這段話的意思，四姊已經跨出馬步，一個標準的正拳打在我的肚子上。

「妳、妳是哪條神經……又接觸不良了嗎？」

「在我面前都敢面露色相，要是我不在，你大概已經撲上去了吧！」

「……我們就低調地參加一次互助會好嗎？不要再打打殺殺了。」

「那要看你多乖啊。」

「我會乖乖吃東西，行嗎？」

四姊終於滿意，我們姊弟倆就肩並肩蹲在教室後，一邊吃吃蛋糕、一邊喝喝果汁，至於臺上的同學到底報告了什麼東西，我們完全沒有在意。

原本我是想注意聽的，但是四姊一下要我替她擦掉嘴角的奶油、一下要捏起掉在制服襯衫上的餅乾屑，搞到我連認真聽報告都沒辦法，最後就乾脆專心服侍四姊算了。

這次的互助會在平順和諧的情況下進入尾聲，大家的進展普遍不好，並沒有傳出令人驚喜的消息，所以整個戀鬥社的氣氛非常沮喪，連說話聲都特別小，甚至沒人說再見。

「散會吧，冀望下次互助會時，能聽到讓我興奮的消息。」元希學姊朗聲說道，為互助會畫下句點。

我拉起四姊的手，準備排隊上樓離開。

但是說也奇怪，首先開門的同學不上樓梯，而是往後退了一步，害後面擠成一團。

我踮起腳尖，想看清楚前方發生何事。

……一道很熟悉的人影印入我的視網膜，讓我呆若木雞。

「歡迎加入戀鬥社。」元希學姊的清脆笑聲揚起，迴盪在整個戀鬥社之中，「你們李家真的是離不開戀鬥社欸。」

四姊詫異地拉我的頭髮問：「是誰？元希怎麼會這樣說。」

我沒講話。

因為來者已經用很靦腆地口吻說——

「大家好，我是李香玲。」

第二條　照顧弟弟是姊姊天生的權力

難得我們三姊弟一起搭公車回家。

路途中，五姊不斷哼著不知名的歌，下公車走到家這段距離，她都是用蹦蹦跳跳的方式前進，顯然心情非常不錯。

在公車上，五姊告訴我，前陣子她就懷疑我和四姊之間有祕密，而且偷偷生我的氣，氣我把她排除在外，被冷落、被隔離的感受很糟，所以她趁我睡著的時候，其實有偷偷打過我幾拳，只不過我沒發現。

後來，五姊因為擔心我又會去不良場所購買色情光碟，所以就跟蹤我，沒想到這一跟就跟到戀鬥社去，荒唐地成為戀鬥社的一員。

連四姊都覺得事態嚴重，一路上雙眉緊鎖，似乎很擔憂五姊過度高興的情緒。

五姊則認為自己終於知道我和四姊的祕密，以為可以再次回到小圈圈內，的確，從某種意義上來講這並沒錯，但我也很擔心五姊。

回到家，我和四姊就坐在餐桌邊，面對面。

五姊連衣服都沒換，拿出拖把和抹布開始大掃除……這是她極致愉悅時的表現，我真的覺得再下去不妙。

其實，對於我來說，戀鬥社是可有可無的存在，在不鬧鬼的前提下，我願意當永遠的社員，遵守那幾條很詭異的社規，定時去參與事不關己的互助會。

但是四姊就跟我相反，她很希望脫離戀鬥社，甚至逼迫我也一起離開。

我雖然沒深究過原因，不過有可能是弔詭的氣氛和高高在上的元希學姊讓她不爽，可是自我不小心加入後直到現在，都沒辦法退社。

而傻傻的五姊還以為戀鬥社有點心可以吃，外加知道我和四姊的祕密而感到歡喜，一旦讓她知道除非交男朋友才能退社，她還會不會高興就很難講了。

「五妹，把抹布給我放下！」四姊終於受不了，率先拍桌站起。

五姊依舊掛著喜孜孜的笑容，「怎麼了嗎？」

「跟我來。」四姊走過去強行牽起五姊的手，走到自己房間中，「你也是，跟我來啊。」

原來我還是躲不過，只好無奈地跟了進去。

「妳先坐好，聽我說。」四姊按住五姊雙肩，讓她坐在床邊，「其實戀鬥社不是妳想的這樣子。」

「妳別想騙我，我知道妳跟龍龍最近都很快樂，一定是戀鬥社的功勞，對不對？」五姊捏捏自己的髮尾，還是很雀躍。

「一點都不快樂，妳快點想辦法退社！」

「……不要，你們這次別想把我排除在外。」

「不是這樣。」

「那是怎樣？」

她們妳一言我一句，誰都沒打算退讓。

按照過往的生存經驗法則，姊姊相爭，弟弟是躲得越遠越好，否則非死即傷吶。

四姊對自己雙胞胎妹妹的脾氣瞭若指掌，知道再下去也不是辦法，於是有些氣惱地走到床邊，再撩起五姊耳邊的長髮，以說悄悄話的姿勢，用最低的音量說話。

五姊原本有點生氣，聽到一半轉為茫然，再聽下去變得有點慌亂，最後臉色蒼白、唇瓣輕顫、似哭非哭地凝望我。

這表情就像是路邊撿到樂透頭彩拿去兌獎時，發現是家用印表機印出來的一樣啊。

「怎麼了……嗎？」居然是我先問。

五姊像是終於認清現實，手指著我，委屈地說：「龍龍你是戀鬥社社員？」

「是啊。」我點頭，更困惑。

「我也是戀鬥社的社員……」五姊指著自己，幽怨地看向四姊。

四姊沉重地點點頭，抱住自己妹妹，安慰道：「這莫名其妙的社規就是這樣規定，所以想辦法退社吧。」

五姊的臉貼在自己姊姊的胸口，怨懟地說：「社規就是社規，不遵守也不會怎樣啊……我們幹麼那麼乖呢？」

「這社規——是二姊定下的。」四姊萬分無奈。

「……二姊是笨蛋，我要打電話去罵她！」

「罵二姊……妳確定嗎？」

「……」五姊沒有接話。

好了，看到這裡，我已經完全不懂她們到底在幹麼了。用我剛剛觀察到的情況推測，五姊顯然很不滿意戀鬥社的某條社規，甚至為此要去頂撞遠在國外的二姊。

戀鬥社的奇怪社規也就四條，簡單來說，第一、不准對外透露有關戀鬥社的一切，第二、社員間禁止戀愛，第三、有戀愛關係的社員必須申請退社，第四、社長有補充社規的權力。

咦？難道……是第二條？

靠！靈光一閃，我懂了！

五姊喜歡的人就在戀鬥社啊！原來如此！原來如此吶！

「不要擔心，我們一起努力退社吧。」我展露笑容，決定散發出正面能量，鼓勵頹靡的五姊振作。

五姊沒有理會我傳達過來的正面力量，依然埋首於四姊的懷裡說：「我到底該怎麼辦呢？二姊、二姊又很偏執……」

我能體會到她的困擾，原因非常簡單。我家有五個姊姊，大姊不是個正常的人、三姊不是個正常的人、四姊不是個正常的人，五姊也不是個正常的人，試問，二姊是正常人的機率有多高？

是零啊！

二姊是個讓大姊情願送出國讀書，也不要放在家裡的超級怪人啊！

「對，我們還是不要去打擾二姊，現在我們的目標相同，所以應該團結一致，想出辦法來退社啊。」

「閉嘴！」

我一番話說完，嫌我很吵的四姊想模仿大姊用腳踢我下巴，但是我老神在在，身體沒有任何挪動，因為她的腿太短，不可能踢到。

四姊恚怒地橫了我一眼，回過頭去繼續在五姊耳邊說悄悄話。

此時，五姊的表情又開始轉變，沾有淚珠的長睫毛眨呀眨，開始緩緩點頭，一副恍然大悟的模樣，彷彿在一片陰霾內出現了一道曙光，忽然從絕望中得到希望。

「可是……這樣好嗎？」五姊抬起頭，問自己的雙胞胎姊姊。

四姊語重心長地說：「目前只有這個方法了。」

「不過我不知道要找誰幫忙……怎麼辦？」

「妳在班上人緣那麼好，一定有適當的人選。」

「那妳有嗎？」

「我魔術社是有個學妹……」

眼前這對雙胞胎姊妹就這樣無視我的存在，一人一句、有來有往說個不停，我是一頭霧水，完全聽不懂她們到底在講些什麼，一下子聽到「太漂亮不好」、一下子聽到「這個身材太好」、一下子聽到「這個就是狐狸精啊」，完全沒有任何的關聯性。

我的直覺告訴我，絕對不要開口問，最好現在馬上逃離。

所以我打算去廁所洗澡兼避難。

「你要去哪！」四姊喝止我。

「大便。」

「噁心！」

「那排泄。」

「還是很噁心！」

「我快忍不住了，妳有聞到那股微臭了嗎？」

四姊捏著鼻子，厭惡地嚷嚷：「快點滾開，別汙染我的房間！」

「是，我馬上滾。」十七年來所累積的智慧，鑄就弟弟的求生之道，用大便對付四姊的效果向來非常顯著。

我用僥倖撿回一命的心情打開門，準備去廁所洗一次舒適又放鬆的澡。

「提醒你一下，明天你要去對兩位女生告白，絕對不准給我失敗，聽到沒有？」

「有啦有啦。」

我關上四姊的房門，站在陰暗的走廊之中，剛剛似乎聽到四姊說了一件很奇怪的事。

我馬上再把門打開，乍青乍白地問：「剛剛妳是說……告白……」

現在我是穿越到平行時空了嗎？

生平告白無數的我萬萬沒想到，告白會讓我緊張。

午休時間的熾熱日光下，我孤身一人前往操場，沒有過往告白那股雖千萬人吾往矣的氣勢，只有因為吃不下中餐空腹的飢餓感。

昨晚，在四姊房間，她們決定介紹女生讓我告白，等到交往以後，馬上前往戀鬥社辦理退社，然後……就沒有然後了。

她們只管介紹，不管後續的分手問題，反正四姊說對方也是憐憫我才會答應，所以我提出分手，對方只會鬆一口氣，慶祝都來不及了，根本不會有任何影響。

四姊說的沒錯，其實是我想太多了，對方會答應跟我交往，一定都是套好招的，姊姊們應該早就說清楚，這次的交往，其實就跟幫助弱勢團體一樣，我只要說請跟我交往，然後再說謝謝，搞定。

不過說得簡單，要我跟完全不認識的女生告白，我還是非常緊張。

尤其還是四姊介紹的。

自古有一句經典的成語叫「物以類聚」，四姊的朋友會是正常女生的機率有多高呢？我的直覺告訴我，前方是一片陰暗，就算對方願意幫忙，恐怕也有很嚴峻的條件。

我走到操場前方的司令臺，已經有一位女生在等我了。

乾淨的制服、乾淨的臉蛋、乾淨的笑容，出乎我意料之外的甜美外貌，她有如鹿眼般的雙眸好奇地打量我，這倒是第一次，即將被我告白的女生沒有露出討厭的表情。

「學長你好，我是小潔，第一次見面，請多多指教。」反而是她大方地打招呼。

我不太好意思地說：「妳好，多多指教。」

真是相敬如賓，換句話說就是無比尷尬，對於不認識的女生，以往告白狂魔的魔力完全無法施展。可恨！我好沒用。

「學長不要緊張，因為你緊張的話……連我都會很緊張啊。」這位無論是誰都會覺得很可愛的小潔，朝我伸出象徵友誼的手，「我們握握手，就算是認識了。」

連想都不用想，我立刻出手握住，然而掌心傳來的觸感卻不是軟綿綿的小手，而是……一隻鴿子。

我都忘了，她是魔術社的成員。

握住一隻可憐鴿子的我，原本打算就地放生，但是小潔緊張地跟我要回去，看起來魔術社的經費也相當拮据啊。

「原本我以為社長介紹給我的男生一定很糟糕……」小潔把鴿子收好，臉色有點幽怨。

「怎麼說？」我原本以為四姊至少在參加魔術社的時候是正常的。

「因為、因為……」她說到一半，口袋裡的鴿子脫困而出，站在她的右肩，「我是魔術社裡表現最差的菜鳥啊……社長常常罵我是無腦的阿米巴原蟲，所以我認為……她應該會介紹一位也是阿米巴原蟲級的男生給我。」

……從某個角度來講，她竟然猜對了。

「不要認為自己是蟲，這個世界上只要是人就不會是蟲，要有自信一點啊。」

「其實……我也是這麼覺得欸，說阿米巴原蟲真的太過分了，好歹、好歹我也有瓢蟲的等級吧。」

「……」突然有種同病相憐的感嘆，我問，「妳會討厭她嗎？」

小潔睜大眼，連忙揮動雙手，「不、不……社長雖然凶，但她是我的啟蒙導師，就算她介紹細菌給我，我也會欣然接受……更何況、更何況你……還不錯呀……」

真是可憐的女生，明明條件就不錯，結果被四姊教育到自卑又膽小。唉，造孽。

「如果妳有空的話，可以和我見幾次面嗎？」我有責任矯正這位少女，讓她認知到自己的條件有多好，「我帶妳去幾個有趣的地方，妳就會知道，妳絕對不是阿米巴原蟲。」

「真的、是真的嗎？」

「當然是真的。」

我非常有自信，只要帶她參加雲逸舉辦的男女聯誼，小潔馬上就會知道自己有多搶手。姊姊造的孽，身為弟弟的只好負責還。

「學長！」小潔突然大喊一聲，接著彎下腰，彷彿豁出去似的，「請你跟我交往，雖然我們才認識五分鐘，可是你完全是我的菜啊！」

我不自覺後退一步，情況怎麼會突然顛倒？告白不是我的工作嗎？

「我很乖，我是好女生，我會變魔術，雙魚座，一百五十七公分，四十公斤……好啦，我就不騙你，其實是四十四公斤，這次班上期中考排名第二十九，是上高中最高的一次，家中雙親健在，有一個妹妹，目前零用錢儲蓄是一萬兩千四百五十八元，我的偶像是胡迪尼。」

小潔像放鞭炮一樣爆出一大串我沒聽懂的資料，最後她氣喘吁吁地說：「這樣我們就算熟識了，請跟我交往！」

到現在她還是維持彎腰鞠躬的姿勢，我只能看到她的頭頂。

雖然我非常狐疑，但旋即想到，這是四姊已經套好招的人，所以她才直接跳過等我告白的步驟，我只要答應就算完成。

嗯，真是善解人意的好女孩啊。

儘管知道是假的，不過生命中第一次交女友仍是讓人激動，我在心裡感謝四姊和宇宙主宰，就算只有短短幾個小時，我終於還是要結束十七年的單身生涯了。

比出大拇指，我帶著謝意道：「感謝，那我們就交……」

「交你去死呀呀呀呀呀呀呀呀!!」

我一句話沒說完，從司令臺左方竄出的四姊已經飛在空中，一個堪稱滿分的飛踢直接轟在我的腰邊，讓我整個人歪掉呈現ㄑ字摔倒。

現在是怎麼回事!?

同一時間，五姊已經握住小潔的手，不停和顏悅色地道歉，然後將她帶離司令臺。

四姊雙手扠腰，以正義使者的正經姿態瞪我，不管我剛被踢趴在地，眼睛好巧不巧地可以清楚看見她的白色蕾絲內褲。

她獸性大發，右腳脫掉皮鞋再脫掉黑色短襪，用白皙的裸足踩在我的臉上，「你剛剛是打算背叛大姊和我嗎？嗯？你這隻無恥的糞金龜！」

「不是妳安排的嗎？」我不太能開口，因為四姊的腳趾隨時會塞進我的嘴裡。

「是呀，是我安排的沒錯，但是你應該要很痛苦、很無奈地答應，而不是色迷迷、一臉爽歪歪的下賤表情啊！」她邊說邊轉動小巧的腳。

「靠，這有差嗎？」

「看來你還是不知悔改，要逼我穿鞋子踩嗎？你這隻猥褻臭蟲。」

我在想要不要抓住四姊的腳，順便讓她摔個東倒西歪之際，送走小潔的五姊已經回來，她嚷嚷著推開四姊，然後跪在地上抱住我。

「妳欺負龍龍幹麼！」

「他剛剛像痴漢的表情，妳沒看到嗎！」

「那也不能踩龍龍的臉啊，我們家弟弟又不是蟲。」

「五妹，妳已經寵壞弟弟了！」

「我沒有，我只是比較照顧他而已，況且弟弟本來就是要呵護的啊。」

「等等，妳們別吵了。」我出聲阻止，坐起身來，「我有幾點要解釋：第一，我剛剛的表情是欣慰，不是痴漢；第二，是妳們要我答應，我才會答應；第三，我是無辜的。」

「對，龍龍是無辜的。」五姊立刻為我發聲，不捨地說：「如果是我介紹的女生，就不會發生這種事了……」

「一樣，色蟲就是色蟲。」四姊哼了聲。

「我會在之前就先跟人家講好，才不會突然發生意外，剛剛四姊介紹的女生，根本沒按照劇本走。」五姊用指腹輕撫我剛剛被踩的地方，心疼地鼓起臉頰。

「這個……不是……算了算了，這次是我沒告訴小潔劇本的事，也許我是有一點點責任。」光是承認自己有一丁點錯，就讓四姊的神情像是吃到檸檬，「那五妹要介紹的人呢？」

「等放學吧，我現在去約。」五姊握拳，一副不成功便成仁的樣子，讓我非常擔憂。

但是要脫離戀鬥社，真的有那麼容易嗎？

為此，我打上一個大大的問號。

非常難得，我們三姊弟有個共同的目標，就是退出戀鬥社。

我本身的原因是不想再跟唷學姊有關聯，而四姊和五姊則是有個人因素，我並沒有問得太詳細。

不過我們團結一致，整個進展就非常迅速，中午雖然莫名其妙地失敗，但是放學之後，一個更好的機會來了。

這次是五姊拜託自己的好朋友，事先也已經講清楚這是演戲，只要成為一天的男女朋友就可以結束，不會有太多負擔，也不會有不相關的人知道，以免影響到五姊朋友的聲譽。

為了退社，我已經到了被糟蹋自尊也在所不惜的程度。

一定要成功，我雙拳緊握，靜靜看著朝我走來的女生。

此刻是放學時間、此地是校園中庭的噴水池旁，附近雖然沒有其他路人，但是視線所及還是能看到很多同學三三兩兩地放學回家，似乎沒有注意到我和她，以及躲在旁邊花圃的四姊和五姊。

經過上次失敗的教訓，我不敢露出任何笑容，用非常嚴肅的表情面對。

「學弟你好……我是倩兒。」

「妳好，我是李狂龍。」

互相的自我介紹很順利，儘管這位學姊的個子比我還高，但是她害羞的模樣，連說話我都聽不太清楚。

「我、我有點緊張……是第一次、我是第一次……」

「我是第五十幾次了吧，呵呵。」

我自以為幽默地笑了幾聲，可是對方完全無感，依然在搓揉自己的手指。

氣氛太緊張了，這樣下去不是辦法，只能省去廢話，單刀直入了。

「倩兒學姊，我們雖然認識不久，但是我對妳一見鍾情，請妳跟我交往，好嗎？」彷彿滿足毒癮一般，太久沒告白的我頓時全身放鬆，累積的壓力一下就得到釋放。

我飄飄然地等待已經講好的回應——

「我、我我……我不要。」

「……咦？」

「我討厭比我矮的男生……很討厭。」

「我好歹有一七五……這跟說好的……」

「不要不要不要，你由下而上的視線……會看見我的鼻孔，讓我感覺被侵犯了，真是噁心！」

就這樣，這位倩兒學姊重現少女漫畫裡的畫面，在夕陽的橙色光華中，一邊委屈地大哭、一邊踩著小碎步離開了，正所謂少女情懷總是詩，如果我的視線真的冒犯到妳，本人深感遺憾。

「你這條猥瑣的蛔蟲！居然在我面前侵犯女生！」

四姊的怪叫聲剛至，她的飛踢就來到我臉前了，可惜我這次早有準備，低下頭，身子前傾，從空中攔腰抱住四姊。

「別動不動就飛踢，萬一摔傷了怎麼辦？」

「我高興！你……放開、放手……放開我！你竟然以下犯上！」

為了防止四姊掙脫，我抱得特別緊，五姊也苦著一張臉走過來，還貼心地拉下四姊掀起的裙襬，遮住白色的小內褲。

「五姊，我絕對沒有侵犯任何人。」我先澄清以示清白，再慢慢鬆開懷中四姊。

「我知道，唉，倩兒就是太害羞了。」五姊扶住四姊的屁股，讓她平安落地。

唉，這年頭連告白都變得異常困難，尤其這次失敗的主因還是我長得不夠高，簡直是我告白生涯當中最恥辱的一回，比起被罵變態、色魔、猥褻更讓我痛苦。

天色漸漸黯淡，我們姊弟三人垂頭喪氣地坐在噴水池邊的階梯，沒有人說話，大多是在苦惱該怎麼辦，正當我暗暗祈禱宇宙主宰讓奇蹟發生時，空氣中忽然傳來濃郁的香味……

很熟悉的香水味，我抬起頭，看著中庭入口處走來一人。

元希學姊在日落的微光中，彷彿自帶絢麗光芒，吸引所有人的眼球，「我剛剛在二樓都看見了，妳們很努力，我很欣慰。」

等等！她說她都看見了，那豈不是代表我們退社的計畫已經被發現！

四姊表現得很穩重，她只是言不及義地說：「是啊，唉。」

沒錯，要先弄清楚元希學姊到底看到多少，就連反應向來比較慢的五姊都知道，要以不變應萬變。

「看妳們為狂龍學弟的幸福努力，真不愧是他的姊姊，也真不愧是我們戀鬥社的社員。」她雙手輕拍，傳達鼓舞之意。

非常好，看起來我們套招告白的計畫並沒有被識破，現在只要打哈哈就可以蒙混過去。

我苦笑道：「沒辦法，兩位姊姊介紹的女生都看不上我。」

「別氣餒。」元希學姊走到我面前，好奇地問：「之前你說的心上人呢？」

差點忘記以前說過的謊，我一時語塞。

但是四姊立刻接話：「也失敗了，誰叫我家弟弟就是沒人愛呢。」

「千萬不能這樣說。」元希學姊用優雅的姿勢側坐在四姊身邊，「被愛與否，是可以透過計畫和行動逆轉的，重點反而在於狂龍的想法，要與不要只是在一念之間，要，我們戀鬥社全力奧援；不要，我們再找下一位。」

照理來說，我要很高興，可是不知道為啥，我真的高興不起來。

但是為了防止謊言被拆穿，我假裝感激地說：「既然對方拒絕我，就沒辦法了，我比較想繼續等待。」

「原來如此，那可否冒昧地問問，狂龍學弟喜歡的異性是哪種類型？大概有哪些條件呢？」元希學姊柔聲問。

腦中瞬間閃過一絲不安，她該不會是想介紹女生給我吧？原本這應該是大喜事，不過在我想退社的前提之下，萬一欺騙了無辜的女生，那我的罪孽就太深重了。

不過我有應對的方法……

「老實說，我心中對滿意的交往對象很挑剔，首先，一定要有天使的外貌和魔鬼的身材，身高要接近一百七十公分，D罩杯以上，對了，還要一雙會放電的眼睛，最重要的是欣賞我的名字。」

我真佩服自己在短短幾秒鐘就能變成我最討厭的那種臭屁男人，還要順便佩服自己的忍痛能力，因為四姊正不斷地偷捏我腰間的肉。

「眼光真的相當高呢，就連我也沒十足把握找到這樣的女生。」元希學姊惋惜地說。

「呵呵，沒關係，我再慢慢尋找吧。」我偷偷鬆了口氣。

「不過……你兩位姊姊都能為你出力，我身為戀鬥社社長雖沒把握，還是要盡力一試。」她拿出手機，撥出一串號碼，「喂……還在學校嗎？嗯嗯，可以了，我們在噴水池這邊，嗯……妳在附近就來一趟，好，待會見。」

我鬆懈下來的一口氣，瞬間又倒抽回來。

姑且不論我剛剛故意開出的機車條件，還真的有人會欣賞我的名字？這未免也太扯了吧。

「這裡、這裡～」元希學姊忽然站起，用大家閨秀的姿儀揮揮手。

我沿著她招呼的方向看過去……

映入眼簾。

這已經超乎我理解的極限。

雙手抱頭，嘴巴無法合攏，真的太過分了啊！

我的心臟劇烈跳動，根本無法控制。

「狂龍不要見怪，前幾天我和崔墨花吃飯，不經意談到你，她就很想認識認識你，所以我便安排這場倉促的見面，請原諒我的失禮。」

崔墨花這個名字，我知道，但是從來沒放在心中，她就是個在耳語中會伴隨驚嘆和嫉妒而出現的人。

縱使我有特別異常的告白嗜好，崔墨花卻是我連想都沒想過的目標，簡單來說，一般的獵人絕對不會將酷斯拉當成自己的獵物。

崔墨花是校園偶像，我已經不會用腦袋中匱乏的辭彙去形容她的外貌，反正完全合乎我剛剛說出的嚴苛條件，連那雙狹長卻又神祕的雙眼，都是我認為最完美的模樣。

她的經歷其實我並不知道，因為我不會去浪費時間打聽，反正她就是個和我碰巧在走廊上相逢、我會刻意繞道的人物，高中兩年我能肯定，崔墨花沒有正眼看過我一次。

「因為我爸爸的服裝公司請崔墨花當這一季的模特兒，所以我才跟墨花變成無話不談的好朋友。」元希學姊對我面前的女生微笑，並且熟練地介紹：「這位是墨花、這位是狂龍，你們都是高二的學生吧，就不要加令人生份的稱謂了。」

「終於見到你了，傳說中的李狂龍同學。」

崔墨花的燦笑已經讓我進入迷離狀態，就算四姊已經快把我整個腰間肉捏下，還是無法讓我清醒。

「其實你的名字就已經帥到讓我很想見你，再聽元希學姊說你是個很棒的人，我就更迫不及待了，現在……你果然沒讓我失望呢，連長相都好可愛喔。」

原來我的長相也有被稱讚的一天，而且還是從仙女般的崔墨花同學口中說出，我整個人都快要像奶油般融化了啊。

崔墨花牽起我的手，讓我不禁隨之站起；她拿出手機，表示想跟我合照留念，並且要互換聯絡方式，我的腦袋一片空白，只是傻愣愣地點頭。

她媚眼如絲地橫了我一眼，似乎在怪我都不主動，但是我如今能維持現狀不溶解、不怪叫，就已經是使出全力了。

我手指僵硬地比出V的老套手勢，崔墨花則是一手持手機、一手勾住我的肩，身體直接貼在我的手臂，然後按下拍攝鍵。

「看你們相處得還算融洽，我就不打擾了，不過身為你們的共同好友必須要提出建言，現在已經是晚餐時間，我剛好預定了一間還算可以的餐廳，地點嘛……嗯，崔墨花知道，就由她帶路。」元希學姊若有深意地朝我笑笑。

我沒有任何反應，依然是靈魂出竅的狀態。

崔墨花整個人快和我黏在一起，甜甜地在我耳邊說：「走吧，人家餓了～」

「給、我、站、住!!」

一道破空之聲，讓我硬生生從幻夢中抽出，神智恢復正常。

我連忙追尋聲音來源，雙眼看向四姊，可是四姊卻是驚愕地看著五姊。

剛剛那一吼，竟然是向來溫柔可人的五姊發出？

「當姊姊們的面前勾搭人家弟弟，我身為狂龍姊姊整整十七年，這一定是最恥辱的一刻。」

氣氛非常不對，我連忙打圓場道：「五姊，妳別誤……」

「不要說話。」五姊只是淡淡的一句，便令我立刻噤聲，這龐大又壓迫的氣勢到底是什麼？為何我在她身後看見了大姊怒目而視的面容？

元希學姊有如聳立在怒海波濤中的一塊巨石，絲毫不讓地說：「只是吃個飯而已，香玲同學別太大驚小怪。」

「我的弟弟，我會照顧，妳這種行徑是犯罪，危害了姊姊與生俱來的權力！」

五姊鏗鏘有力的一番話，早已超脫語言，而是人生的晶華萃取。

連我都在眾人靜默之間，一點一滴地被滲透，最後整個人被說服，就算原本還有一絲絲對這句話的疑惑，但也在「姊之魂」的威壓下爆成粉末。

元希學姊不受影響地掩嘴輕笑：「對，這就是李家姊姊會出現的徵兆啊，我還一度以為，妳們會認真替狂龍同學尋找幸福，我果真是大錯特錯了。」

「我不想多說。」五姊正氣凜然地站起，一手拉回我、一手握住四姊，面對戀鬥社社長，眉眼間沒有任何猶豫。

「李家三姊弟，李金玲、李香玲、李狂龍，在此申請退社。」

元希學姊伸出雙手，從後按住處於傻愣狀態的崔墨花雙耳，冷冷地說：「違反社規，你們擋得住戀鬥社的怒火嗎？」

「只要李家團結，就沒什麼好怕的。」

五姊堅定不移，真的沒在怕。

「都怪你！一見到崔墨花就跟色情狂一樣，有夠變態！噁心！」

「我就好像是看到偶像，其實只是很驚訝而已，不到色情狂的程度吧？」

「有！是你沒看到，要是有鏡子在……算了算了，真討厭！我一想到就起雞皮疙瘩了。」

「你們小聲一點，三姊已經在睡覺了，別吵醒她。」

五姊的提醒讓我和四姊不敢大聲爭執，乖乖地用最低音量交談，讓我感到非常不自在。

這要怪四姊每次都提議在很奇怪的地方交談，現在是晚上十點，三姊早就睡了，而我們竟然躲在她的床底下說話，真的是非常白目的行為。

況且一張床就這麼大，硬是要塞進三個人，五姊在左、我在中、四姊在右，導致五姊的腿擺在我腳上，四姊的頭頂在我的腋下，空氣又非常糟糕，好想趕緊離開。

四姊拿出手電筒照我的臉，怒道：「你還敢不耐煩？要不是因為你，我們才不會跟戀鬥社翻臉。」

我正想反駁，可是五姊已經鑽過來，臉壓在我的肩膀，對四姊說：「翻臉就翻臉，妳這麼擔心幹麼呢？」

四姊有苦難言地紅著臉，像是有滿腹苦楚但是吐不出來，最後越想越惱，乾脆捏我大腿出氣，但奇怪的是，我完全沒感到痛。

「啊，幹麼捏我？」原來受害者是五姊。

「我是要捏他，不小心捏到妳，原諒我吧。」嘴巴上說原諒，但實際上手還是在我跟五姊的大腿搜索，看來是不捏到我誓不罷休了。

「那妳捏我算了，不要捏龍龍。」五姊挪動身子，和我完全黏在一起，她的手抱著我，護我的胸，她的腳跨在我的腰上，護我的整條腿，豐滿的胸部緊緊擠壓我的背……這是要保護我的肩胛骨吧，我猜。

「他犯了這麼大的錯，五妹還想護他？」

「龍龍就算出去殺人放火我也一樣護，何況只是像痴漢而已。」

喂，我一點都不像痴漢好嗎？我也不會去殺人放火好嗎？短短一句話就射中我兩箭，五姊是越來越強大了啊。

「是你們太晚進來戀鬥社，所以才不知道戀鬥社……有多可怕。」四姊一說完，立刻反射性地縮起肩膀，像極了受到驚嚇的小貓。

我自暴自棄地將四姊擁入懷中，不停輕撫她頭頂那根永遠翹起的短毛，反正都要黏在一起了，多一個四姊也沒關係。

「如果有一天，你能夠和永遠不可能在一起的心儀對象交往，對此，你們願意付出多少代價呢？」四姊悶聲問，異常認真。

我沒接話，因為我想到了小夢，依我當時對她的愛戀，如果真的能在一起，我願意付出我所有的一切吧，這無庸置疑。

而五姊只是抱緊我，也沒有說話。

「總之，能圓一個夢，大部分的人都願意付出生命中最貴重的物品。」四姊沉吟片刻，又繼續說：「所以戀鬥社就是利用這點，營造出非常可怕的凝聚力，因為人人都會想滿足自己的慾望啊。」

「愛得越深……戀鬥社的執行力就會越強，對吧？」對此我能夠體會，當初要是可以和小夢在一起，我絕對願意出錢出力，畢竟我幫戀鬥社，戀鬥社也幫我。

「創造出這個社團的二姊……真是討厭呢。」五姊似乎還是對二姊此舉頗有微辭。

「戀鬥社已經存在好幾年了，強大的力量從天花板上那堆退社申請就能證明，我甚至聽說過，為了追求設定的目標，他們用非法的方式拆散了某對很要好的情侶，更別說各種卑鄙的手段了。」四姊難得示弱，可見戀鬥社隱藏了不少上不得檯面的事。

不過五姊還是很堅持地說：「反正我絕對不怕，就算二姊現在是戀鬥社的社長，我也不怕。」

「這幾天上學，妳們要小心一點，我總覺得這件事……是不可能輕易結束了。」我拍拍兩位姊姊的臉頰。

此刻已經十點多，大姊在走廊上呼喊五姊問自己前天買的套裝跑去哪，又召喚四姊來胸部按摩。

可憐的姊姊們只好離開我的身體，一起爬出三姊的床底，前去滿足大姊的需求了——也還好三姊睡得很熟，沒有被這景象活生生嚇死。

再待一會，我也爬了出去，結果不小心撞到床，害三姊悠悠醒來，慢慢地睜開眼睛。

「抱歉三姊，不是故意吵醒妳的。」

「沒關係。」三姊掀開肚子上的棉被，揉揉惺忪的眼睛，「不過，弟弟來陪我躺一下吧。」

沒有道理拒絕向來很照顧我的三姊，我躺在剛剛三姊睡的位置，感受到溫馨的暖意。其實從小到大，我要是被欺負，不像四姊和五姊會去找大姊支援，我都是找三姊，她總是能用遠比年齡老練的口吻開導我。

三姊依偎在我手邊，很挺的鼻子抵在我的肩膀，不斷嗅我的味道，還好我已經洗過澡，要不然會臭死她。

「弟弟的味道最好聞了，總是能讓我放鬆。」

「請用。」

「嗯，那我開動了。」

我一動也沒有動，一直在想三姊在高中畢業之後就封閉自己的原因是什麼？原本精明睿智的臉因為長久沒晒太陽而變得毫無血色，蒼白到讓我心疼，還是……我選一個風光明媚的日子，乾脆用蠻力把三姊綁出家門呢？

唉，這件事大姊都不管，還要我這位小弟操心。

「弟弟有心事？」三姊用獨特的低沉嗓音問我。

「還不就是該死的戀……」等等，社規規定戀鬥社的事不可外傳，但我現在已經退社了，說出來應該也沒差吧，不……還是不要，讓三姊擔心不妥，「沒事，我只是在想要怎麼把妳綁出房門晒太陽而已。」

「不對，不是這件事，我不喜歡弟弟瞞我。」

「妳應該多擔心自己，而不是擔心我才對吧。」

三姊忽然沉默，害我要撥開她臉上的髮絲，確認是不是生氣了。

「其實我早就知道了，是戀鬥社的事吧。」

她開口，帶給我的震撼不亞於崔墨花說要認識我，三姊竟然也知道戀鬥社……

這怎麼可能！

「其實我剛剛沒睡，你們說的我幾乎都聽到了。」三姊幽幽地說：「不過就算我沒聽到你們談話的過程，我也大概猜到是戀鬥社的問題……」

「既然妳知道了，也請別太擔心，我們會自己解決。」我安撫道。

夜間的風變得比較涼，從窗戶吹進來，揚起整面窗簾，我怕三姊會冷，將棉被蓋在她身上，不然依她虛弱無力的模樣，要是不小心感冒，後果會比正常人嚴重。

「我不冷，在弟弟身邊我很暖。」

「不然搬去我房間睡吧，我和五姊的床夠大，三個人也夠睡。」

「呵……」三姊對我投以一個清麗的淺笑，「弟弟，你是在色誘姊姊嗎？」

「……沒有，我是誠摯地邀請妳到我的床共眠。」我改變說話習慣，其實就代表我有些窘迫。

「不了，要是太依賴你的體溫，萬一有一天我戒不掉怎麼辦呢？」三姊總是能把話說得特別文藝，「我們會長大，遲早會有失去你的時日，我情願在鎖緊的房內，透過一扇窗看你飛行，也不願意在你懷裡依依不捨。」

好吧，我已經完全聽不懂三姊想表達的意思了，所以乾脆裝懂，點了幾下頭，改一個更貼近三姊的姿勢，成為稱職的人肉電毯，溫暖、好用、天生恆溫，不會有電路走火的危險。

「我今晚在這睡，三姊晚安。」

「別睡呀，你難得來我這，聽我說說話吧。」

「嗯，我在聽。」

「我想講個故事給你聽，不能偷睡喔。」

「什麼故事都好，千萬不要是鬼故事就行。」

「我知道弟弟怕鬼怪呀，所以這是一個愛情故事。」

在三姊承諾之後，我就靜靜地聽她說一個很古怪的故事。三姊說話的語調很沉，音量非常低，伴隨偶爾呼嘯而過的風，我彷彿被拉進由言語構成的世界。

那是一間學校，和我就讀的聖德高中長得一模一樣。

故事的主人翁是一位高一的女學生，她有一對可愛的辮子，正是天真無邪的年紀，對於高中的新環境充滿好奇，什麼事物都想嘗試、什麼人都想認識。

她刻意讓自己的高中生活變得很忙，擔任學藝股長、外掃區負責人、英文小老師，還參加寫作社團，這些努力都是想滿足被肯定的慾望，當她越忙、負責的工作越多，就代表自己被更多人需要，也代表更加快樂。

可是人有極限，每個人每天都只有二十四小時，她原本近乎完美的工作能力開始出現紕漏，之前獲得的讚美漸漸變質，批評和嘲諷隨之而來，她持續犧牲睡眠，身體狀態卻因此變差，工作品質每況愈下，開始有人說，「沒那個能力就不要承擔那麼多工作啊，教室布置的比賽只剩三天欸」、「因為妳的疏失，我英文講義少一張耶，萬一考差妳要負責嗎」，批評如排山倒海而來。

同學早已經忘記她之前為大家付出的努力。

終於有一天，她抱著一大疊考卷要去老師辦公室，在教室與樓梯的轉角，不小心撞到一個人，可是因為她太虛弱的關係，就這樣暈倒在對方懷裡。

「……這故事有點老梗啊，接下來就是這個女生跟撞到的人交往吧？」我還是吐槽了。

「是沒錯，但弟弟還是要聽我說完呀。」三姊埋怨。

好，被我打斷的故事繼續展開。她撞到的是個條件很好的男孩子，籃球校隊主力球員、班上每次大考都前三名，外加一張清秀帥氣的臉龐，本來就是校內公認的白馬王子，何況他還有一顆善良的心。

因為內疚，他開始插手幫忙她的工作，兩個人成天膩在一塊，理所當然地引起諸多女性的嫉妒和攻訐。

但是她不在乎，因為她太快樂了，就算遭到冷言冷語、就算自己的物品常常不翼而飛、就算原本的女性朋友都已經遠離，這些統統沒關係，她只要有他就夠了，這就叫做「失之東隅，收之桑榆」吧。

時間流逝，高一快要結束，只差最後一個期末考，在考前她幾乎讀不了書，心中的一個疑問不斷膨脹到快將自己吞噬。

為什麼他還不告白？彼此在學校早就是如膠似漆了啊。

在期末考前一晚，她終於忍受不了，決定直接前往他的宿舍問個明白。

得到的答案非常簡單，只有兩句話——

第一句，「抱歉，我沒有喜歡過妳，願意幫妳，純粹是覺得妳很可憐。」

第二句，「希望我們能保持距離，妳每天打電話騷擾我，無時無刻跟蹤我，讓我很不舒服，請不要逼我報警。」

萬萬沒想到他種種的貼心只不過是憐憫，而自己對他無微不至的關懷會被說成騷擾，她失魂落魄地離開男生宿舍，漫步走到他們讀書的教室，赫然發現自己……

什麼都沒有了。

於是，她將童軍繩掛上窗戶的橫框。

在繫上自己脖子之前，她對空無一人的教室說話……

「我為你犧牲所有，換來的只是抱歉，那這條命也給你，我不在乎了唷。」

聽完這句話，我全身發冷，整個人快趴在三姊身上，不滿地嚷嚷：「這明明就是鬼故事……三姊妳騙我啊啊啊啊啊！」

「我剛剛沒說到鬼怪呀？」三姊在裝傻，她每次故意瞇起一隻眼睛的時候，就是在裝傻沒錯！

「這明明就是唷學姊的故事吧？對吧？」

「的確是，不過有關靈異，我是打算現在才講，剛剛真的沒說喔。」

「……」

原來是我冤枉三姊了，她是真的都在說唷學姊生前的故事呀，這根本就不算是鬼怪故事，是我多心了嘛，呵呵……我突然有流淚的衝動，不管是哪個姊姊，在骨子裡還是以欺壓我為最高原則啊。

「抱緊我，再來是重頭戲了，很關鍵，要聽仔細。」三姊非常善良地提醒我，讓我不知道是該感謝她還是恨她，不過抱怨歸抱怨，我還是抱得很緊。

接下來的鬼故事是這樣發展，主人翁自殺的消息轟動整個校園，當時不少媒體爭相採訪，原本要考的期末考直接取消，學生們在恐懼之餘，還有一點撿到寶的慶幸。

時間慢慢沖淡這起自殺事件，一個暑假過去，原本高一的學生都升到高二，又有更多天真無邪的小高一入學。

可怕的傳聞漸漸出現，有不少學生在校內遇見哭泣的少女，周身怨念驚人，恐怖程度直接摧毀原本的校園十大幽靈傳說，自此之後，聖德高中只有「唷學姊」稱霸，到好多年後都還是學生的惡夢。

直到……**一個女生的出現**。

她們是在女廁所內巧遇，一人一鬼相見如故，每天課後都會躲在某個陰暗的角落閒談，如果不是氣氛真的太過陰森，旁人甚至會以為是一對好姊妹淘在聊天而已。

怨念逐漸淡去，唷學姊偶爾現身，學生甚至沒發現她是不屬於這世界的人。而與唷學姊成為好友的女生，為了減少因愛輕生的慘事發生，創立了一個地下社團，全名為「戀愛互助奮鬥社」，唷學姊自願永遠成為該社團的守護者……

「那個女生……就是、就是……我們家二姊吧。」此刻我的臉跟吃到屎差不多。

「是的。」三姊用非常平淡的語氣。

為什麼可以這麼平淡？我難以理解地怪叫：「難道我們家二姊是通靈王嗎？是嗎？跟鬼魂當朋友這種事，任誰來看都不正常吧，對吧？我會認為不正常，所以代表我才是正常的吧？」

「不是常常有幼兒和看不見的朋友玩嗎？所以別大驚小怪，二姊只不過是將幼兒時期的能力延長到高中罷了……」三姊原本說話還是一副病懨懨的姿態，但是一講到二姊整個人就健康很多。

「是嗎……我還是很難接受欸……」

「這是二姊親口告訴我的故事，她和唷學姊相處的過程其實很複雜，我並不是非常清楚知道細節。」三姊眨了眨水靈的雙眼，微張過白的嘴脣說：「所以，我告訴你這個故事，是要讓你知道戀鬥社和我們家的淵源。」

「唉……我真的不知道該說什麼。」其實我是還沉浸在鬼故事的可怕餘韻當中，腦子裡一片空白。

「也許戀鬥社的行為非常偏激，可是弟弟要知道，戀鬥社是二姊的心血，而且戀鬥社的立意是很善良的。」

「這要等上學後才知道了，畢竟戀鬥社的社長已經說要處置我們這些違反社規的叛徒。」

「我知道元希，她是有錢人家的獨生女，還是二姊最忠誠的追隨者，所以個性會比較激烈，但是她絕對不是壞人，這點你要相信我。」

三姊大我兩歲，一年多高中畢業之前也是聖德學生，所以她認識元希學姊並不奇怪，只是我根本沒說過現任戀鬥社社長是誰，她怎麼會知道呢？畢竟三姊已經自囚一年多，房間內沒網路沒電話，根本沒辦法知曉房外的事才對。

該不會是四姊告訴她的吧？不，不會，因為四姊是很遵守戀鬥社社規的。

那另一個可能……便是三姊本身就跟戀鬥社有關。

「先不管元希學姊。」我狐疑地問：「三姊，雖然每次問妳都不說，但我還是很想知道，妳把自己關在房間內與世隔絕的原因，該不會和戀鬥社有關吧？」

三姊突然不語，甚至連呼吸聲都沒，她只是用那雙睿智的眼眸看我，彷彿有千言萬語被封藏在她的眼波流動中。

「真的被我猜到了？」我不詫異。

「自願封閉自己，是為了承諾和贖罪。」

三姊緩緩閉起眼睛，在眼尾的紫色胎記像是淚痕般存在，述說她的悲傷。

不過比起過去連說話都有氣無力的模樣，三姊現在已經越變越好，至於她不想說的故事，我也不應該去逼迫她說出口，有些祕密本來就是沒人知道最好。

「那三姊，妳什麼時候可以恢復自由呢？」

「你高中畢業的那一天。」

教室，中餐時間，吵吵鬧鬧。

今天五姊被四姊抓去吃飯，所以我捧著便當和雲逸面對面。

「你相信這世界上有鬼嗎？」我問。

「可能有。」他答。

「你不是科學至上主義者嗎？鬼呀、幽靈呀、妖怪呀，不是應該排斥嗎？」我的筷子伸進雲逸的便當盒內，夾走半顆滷蛋。

雲逸也夾走我放在便當盒蓋子上的一塊排骨，「我就是科學至上的信奉者，所以才相信這世界上可能有鬼。」

「大師，何解？」

「因為科學沒辦法證明，世界上沒有鬼啊。」

「有幾分道理。」

「我舉個例子來說，在西元一千六百年之前，當時的人都以為是太陽繞地球轉動，但是有個笨蛋叫哥白尼提出反駁，認為是地球繞太陽旋轉才對，這就是著名的『地動說』，後來也被伽利略、克卜勒證實。」

「這我知道，老師有教。」

「對啊，可是說出真相的人卻差點被火燒死。」

「因為那時候的人認為這是異端邪說吧。」

「沒錯，所以為避免這種慘劇再度發生，我們對任何事都該抱持懷疑的態度，你問我是否有鬼，老實說我是覺得沒有，不過我無法證實，所以我說可能有，就這樣。」

「原來如此，你最近都是用這舌粲蓮花的嘴，把紫霞哄得服服貼貼的吧？」我的嘴邊吃邊諷刺。

「唉……別說了，學長因為人數不足，找我去聯誼當分母的事，不知道為什麼被紫霞知道，隔天我的房間就被暴徒入侵，很多東西被砸個稀巴爛，損失相當慘重。」

「報應。」

「我只是去當分母平分KTV的費用而已，才唱兩首歌。」

「你應該讓我去。」

「拜託，你最近又開始到處告白，名聲又開始發臭，而且這次連崔墨花你都敢騷擾，你真的是很帶種啊，她的親衛隊不下五十人欸。」

「我騷擾崔墨花？」

「是啊，崔墨花在粉絲團上面親筆寫的。」雲逸拿出隨身攜帶的筆記型電腦，偷接學校的無線網路，「咦？她的粉絲團又更新了。」

「她更新什麼？」

「崔墨花說……靠，你真的有夠變態，居然去舔人家的皮鞋？還殘留口水被驗出你的DNA，你好歹也要擦乾淨啊，笨蛋！」

我直接搶過筆記型電腦，畫面真的是崔墨花的 Facebook 粉絲團，五分鐘前剛更新一張照片，是她哭喪著臉手持一雙女用皮鞋的照片，文字敘述有一個變態偷舔她的皮鞋內側，經過精準的檢驗證明，那變態就是李狂龍。

我不屑地說：「拜託，舔過的皮鞋過那麼久，口水早就乾了，哪有機會採集送檢，更何況我真的要舔，也是舔高跟鞋吧，我對皮鞋才沒興趣勒。」

「原來如此。」雲逸收回筆電。

「當然，絕對沒有笨蛋會以為我是凶手吧。」

「可是教室外這麼多人，應該都是要找你的吧。」

「教室外有人……嗯？」

我轉頭一看，教室外的走廊站滿十幾位男同學，高一高二高三都有，他們的表情一致忿忿不平，像是要打誰出氣的模樣，幾十道視線不斷掃視教室內，應該是在找人。

「雲逸，崔墨花的粉絲團有多少人呢？」

「兩萬多吧。」

「那我先走一步了。」

「保重。」

雲逸看我的眼神，已經跟參加葬禮看見遺照的感覺差不多了，而我則在他的一聲「保重」當中，從後門離開教室。

但很悲哀的，我才剛踏出教室……

「幹，他就是李狂龍！我確定了！」

有人一喊。

我立刻跨出腳步在走廊上飛奔，後頭十幾個凶神惡煞朝我追來，一副就是要我死的模樣，一路追趕，沒打算善罷甘休。

可是我說過，李狂龍這個人唯一能算是專長的，就是跑。

只要腦袋放空，雙腳不停，我有把握他們絕對抓不到我。

隨著我滿校園亂竄，已經甩掉了不少人，不過還是有五、六位體育班的學生耐力很好，緊緊咬住我不放，簡直比口香糖黏在頭髮上還麻煩。

這絕對是戀鬥社的報復，我非常肯定自己沒舔過崔墨花的皮鞋，因此她在粉絲團上誣賴我，必定是受到元希學姊的指使，要讓我沒辦法在學校內立足。

我一直跑，刻意不經過高三教室，我不想讓四姊和五姊知道我的慘狀，但是一直跑下去，勢必會驚動更多人，要是有人去報告老師，那甚至連大姊都會知道。

所以我不能再逃，要躲。

可是一時之間不知道該躲在哪，身後的追兵不停大聲咒罵，「有種別跑」、「幹，孬種去死」、「敢玷汙我的女神，找死」、「被我抓到你就完蛋了」、「不割掉你的舌頭我就跟你姓」、「我要跟你舌吻」……等，真是不絕於耳，讓我的雙腳不敢放慢。

一路朝校門口衝刺，我打算先離開學校，比較不會引人注目。

但事實上，這是個錯誤的選擇。

才剛到校門口，我滿頭大汗、全身熱氣蒸騰，卻看見有兩個人用關心的眼神看我。

一個是小夢，我認識，另一個漂亮的阿姨，我認不出是誰。

「你還好嗎？」擔心我的小夢扶住快摔倒的我。

但是後方的殺伐之聲越來越近，我一停下來，原本只有五、六人追我，瞬間暴增到快十個人，而且手持棍棒、掃把、拖把，打算一次送我上西天。

我絕對不能拖累小夢，正打算一口氣衝出校門，可是雙手卻被小夢狠狠抓住。

旁邊的阿姨一派輕鬆地走進校警室，當兩名校警帶電擊棒走出來後，忽然間要我死的噪音都消失了，校門前的綠蔭大道上瞬間沒人，彷彿剛剛只是一場惡夢，醒過來以後就連屁都不是。

「小朋友，被欺負要找大人幫忙啊。」這位阿姨很有氣質，雖然身上沒有名牌，卻散發出比很多貴婦更雍容的氣息。

我喘到沒辦法打招呼和道謝，可是我一直點頭示意。

「那些人是誰？幹麼追你？」小夢不斷輕拍我的背，讓我慢慢回過氣。

「我……我被陷害……陷害了，崔墨花說我……說我騷擾她，但我沒……真的沒有……」

「可是你不是對人家告白了嗎？」

小夢的臉色一暗，導致我就算無法換氣也要立刻解釋。

「誤會，真的是誤會……我沒有……真的。」

「狂龍同學總是很容易『被誤會』呢。」

這鋪天蓋地的酸意是怎麼回事？我整個人像是被強按在鹽酸當中，再過幾秒鐘後就會被溶成一坨噁心的黏稠液體。

「小子，你就是李狂龍？」原本站在旁邊看的阿姨忽然走到我面前，她的柳眉倒豎，讓我有不妙的感覺。

「對……您好，我是李狂龍……很感謝剛剛您的仗義襄助……」

「喔，我剛剛就應該讓你死在路邊才對。」

「……」

今天是怎樣？我怎麼會從一個尋常的學生，變成人人喊打的罪人。

「媽，妳不要亂講啦！」小夢焦急地推開阿姨。

我的神智陷入一種迷惘的狀態，還沒辦法理解「媽」這個字代表什麼。

「要不是我替女兒送課本和筆記，還真的遇不到你這位傳說中的情聖啊，追我女兒、把我女兒騙到手，就又把她丟在一旁，嗯？」這位阿姨，不對……這位小夢媽媽說的真的是中文嗎？為什麼我聽不太懂。

「媽！我就說過不是妳想的那樣！不要說了！我要生氣了喔！」小夢緊張到滿臉通紅。

「你這混蛋，知道我女兒為你哭了多久嗎？還有，我寄給你的信，原本是期待你回心轉意，沒想到你膽敢不回，真的是陳世美轉世，負心漢！」阿姨看來是氣炸了。

沒想到匿名信真的是小夢媽媽寄的，原來當初小夢在蔚藍山路上沒說謊。

「狂龍……我會再跟你解釋，你別聽我媽在胡言亂語。」小夢沒辦法控制媽媽，但是可以控制我，她拉起我的手，頭也不回地往校園內走。

我雙腳跟隨她的步伐，嘴巴追問：「這是怎麼回事？我不太懂阿姨說的……」

「反正是誤會一場。」她走得倉促。

「可是聽起來不像。」

「真的是誤會，哎唷，反正我很喜歡現在跟你相處的關係，輕鬆、自在、無話不談，就不要讓任何奇怪的話語破壞了，好嗎？」

既然小夢都這樣說了，我沒有道理打破砂鍋問到底，只不過崔墨花的親衛隊隨時會對我不利，小夢要是跟我在一塊，不小心被波及怎麼辦？

我掙脫她的手，柔聲道：「妳先回教室吧，我去躲一陣，等下午第一節課開始再回去。」

地。

小夢還想留住我，可是我已經爬上樓梯，在寧靜的午休時間，找到一塊安全之地。

此時原本是該好好冷靜思考的時候，不過小夢媽媽剛剛說的話卻讓我無法忘懷，所以情人節大地震當天，小夢有赴約，知道我半路回家，表面上說自己不夠喜歡我，但實際上非常難過？

那她為什麼要拒絕我呢？

儘管這個問題來得太遲太慢。

我還是很想知道問題的答案。

事態嚴重。

校園內瀰漫一股肅殺之氣。

不過值得慶幸的是，戀鬥社的主要火力都是集中在我身上，四姊和五姊目前還算安好，這也是我到現在都願意息事寧人的原因。

我幾乎躲遍校園的所有角落，這節是體育課，我不敢脫離人群，只好乖乖地上課，好險體育老師今天比較認真，在操場上講述花式跳繩，我和雲逸假裝專心聽講，但其實眉來眼去，不停交換意見。

被太陽曝晒的PU跑道上，雲逸用極低的音量說話。

「原本我還以為你招惹的是崔墨花，但是經過我調查後才知道，你惹的人是白元希學姊……」

「你怎麼知道？」

「因為要對付你的魔爪已經伸到我們班上了，別以為整天躲在教室就沒事，未免也太小看這位聖德的國王。」

「聖德國王？不是應該是學生會會長嗎？」

「正熙學姊是檯面上的國王，元希學姊是檯面下的……更別說她們平時就以姊妹相稱，要是地下國王去拜託地上國王幫忙，我猜你在聖德連呼吸的空間都沒有。」

「我真的沒做錯什麼事啊，唉。」我滿腹委屈。

雲逸沒絲毫同情地說：「你該不會是跑去向元希學姊告白吧？」

「我沒有。」

「那就是性騷擾了啊，老實說，你是偷看人家裙底風光還是偷摸人家胸部？」

「我是告白狂魔，但不是痴漢好嗎……」

「你不願意講也罷，不過你打算怎麼收拾？」

「我會想辦法去解釋清楚。」

「太消極了，要知道，你已經是全校公敵，在元希學姊的影響下，八成的學生都認為你是變態狂，再拖下去，你會失去所有，沒有人願意對你伸出援手。」

「沒辦法，我只有想到這招。」我垂頭喪氣地拉開跳繩，開始嘗試老師剛教的二連跳。

雲逸反而沒動靜，手上握著跳繩，蹙起雙眉，嘴裡喃喃，像是在盤算什麼。

我沒理他，繼續上下跳動，讓繩繞過我的頭頂、腳底、頭頂、腳底……不斷循環，我難得認真，在戀鬥社步步進逼的情況下，我只剩下「老師」這張護身符，所以成為好學生讓老師喜歡變得很重要，畢竟現在連上廁所都要尾隨在老師身後，才能嚇阻要將我碎屍萬段的崔墨花親衛隊。

「算了，看在紫霞的分上，我決定幫你一把。」雲逸突然開口。

「有何妙計。」我感動地問。

「靠天助不如自助。」雲逸神祕地說：「我就不瞞你了，其實前陣子我在追求紫霞時，常常跑到映河，在因緣際會之下認識一位大隱隱於市的高人，還記得我給你用來打擊紫霞的防盜監視器錄影嗎？」

「記得。」我就是靠這段影片，才成功阻止紫霞不斷敗壞四姊名聲的惡行。

「就是這位高人給我的。」雲逸走到我身邊道：「他比我們大上六、七歲，退伍之後就想方設法成為映河的校警。他是武器專家，隨身攜帶各式能置人於死也能自保的物品，我坦白講好了……映河校警室的辦公桌內藏有一把削鐵如泥的倚天劍，你信嗎？」

「不管信不信，他又厲害又年輕，幹麼要當校警？」我直指問題核心。

「因為他說生平自己最愛『打人』和『女人』，所以校警很適合他，而我也跟他成為了好朋友。」

「你在成為他的好朋友之前，應該報警才對吧。」

「我不跟你廢話了，這位高人擁有很多遊走在法律邊緣的武器，絕對能讓崔墨花的親衛隊知難而退。」雲逸趁我腿瘦停下腳步，把一張紙條塞進我的運動褲口袋，「這是他的聯絡方式。」

雖然我覺得不會用到，但我還是說了謝謝。

「謝什麼？誰教我們是兄弟一場，剛剛我幫你，現在就換你幫我了。」雲氣豪氣干雲，一反過去給人的文弱印象。

「我幫，說吧。」

「好的，那就請你去死吧！」

我正準備繼續跳繩，卻意外地被雲逸一腳踹倒，這下雖然不是很痛，可是我整個人跌個狗吃屎，臉壓在火燙的ＰＵ跑道，讓我的理智差點斷線。

「身為你的摯友，我已經忍無可忍了。」他刻意拉高音量，就是要全班都聽到，「崔墨花小姐是所有學生的偶像，你怎麼可以拍攝這些下三濫的照片，每天晚上對其意淫呢？真是衣冠禽獸！」

「……你是在演哪齣啊？」

我還以為雲逸是在開玩笑，可是當班上大概十來位同學也出聲唾罵我時，我就知道正如雲逸所言，元希學姊的魔爪已經伸進班上來了，現在連同窗都不能相信。

整天躲在教室內的防禦法終於失敗，我再無容身之處。

雲逸持續對我拳打腳踢，動作很大但是傷害很小，我知道他有難言之隱才會背叛我，所以我也很配合地大呼小叫，像是被打得很慘，直到體育老師看不下去，慢步走過來喊停為止。

看來，現在我是跳到太平洋也洗不清了。

名聲已經臭到比餿水桶還臭。

過街老鼠很難生存，我的高中生活陷入前所未有的危機。

第三條　弟弟不能亂上女生廁所

我很擔心四姊和五姊，可是不管我怎麼問，她們都說沒事，所以我也不清楚到底是不是真的沒事。

距離和戀鬥社翻臉已經整整七天，目前我依然想不出任何反制的方法，元希學姊就正如雲逸所說是聖德高中的地下國王，影響力可謂無遠弗屆，我連去合作社買飲料，結帳的大姊都說賣光了喔，無視冷凍櫃裡各種牌子的果汁、牛奶、水。

最後被我吵到受不了，才老實地告訴我，合作社是不賣飲料給變態的。

情況已經惡劣到草木皆兵的程度。

像是現在，五姊竟然沒有親手送便當給我，而是叫比我高上好幾公分的倩兒學姊送來，我不安地問，但她只是淡淡說五姊正在忙報告，所以今天沒辦法離開教室。

我送走倩兒學姊，下定決心等等要想辦法躲過敵人去高三的教室看看，然後默默地走到座位坐下。

打開便當，裡面是可口的鰻魚飯，環視我方圓五公尺，沒有任何一個人，同學在兩天前就已經把我當成活動核廢料看待，只要我一靠近，所有生物立刻鳥獸散。

我終於知道，這就是被孤立的感覺。

原本我以為自己不會難過，但實際上人的天性就是無法承受孤獨，這無解。

拆開筷子，拿起熊貓便當盒，張開嘴巴，我打算和著這股苦澀吃飯，畢竟我還有五姊。

我夾起擺在白飯上的鰻魚，奇怪，怎麼這麼小條，難道是泥鰍……

「啊啊啊啊啊啊啊啊啊啊啊啊啊啊！」

鰻魚動起來，狠狠地咬在我的鼻尖啊啊啊啊啊啊！

這不是鰻魚，也不是泥鰍，是蛇！是蛇啊啊啊啊啊啊！

我的便當裡有蛇！而且牠的嘴還沒放開，我慌張地一把扯落牠，甩在地板上，五公尺外的女同學紛紛尖叫，世界末日彷彿已經降臨。

還好，蛇很小條，看起來也沒毒性，我的鼻頭出現四個圓點齒痕，並不是很痛，不過心理的創傷遠遠比生理嚴重，難道我現在已經連吃個便當，都要擔心裡面會不會出現奇怪生物了嗎？

太可怕了！

我狼狽地一手按住流血的鼻子、一手拿開翻倒在我身上的便當，飯菜在我的白色襯衫上留下油垢，就算用面紙也無法擦拭乾淨，萬一發臭，在同學的眼中，我就會從變態進化成很臭的變態。

絕對不能接受這樣的稱號！絕對不！

我縱使惱怒，但是很清楚外頭最少有五名崔墨花的親衛隊要堵我，而我卻必須去廁所清理衣物。

非常危險，不過我還知道一條祕密路線，從後走廊出去，進入隔壁班教室，再偽裝成隔壁班同學離開，有百分之五十的成功率，前提是隔壁班沒有要對付我的人。

原本我還打算暗中觀察，來確認這條路的可行度，但是此刻已經無法多想。

我假裝要將便當倒進垃圾桶，班上同學的注意力都在那條失蹤的蛇身上，所以沒有注意到我的行動，抓準時機，我低下頭，靠整排的窗臺掩護，一路狂衝到隔壁班去。

宇宙主宰有保佑，隔壁教室正在看午間新聞，所以我從後方繞過去，應該沒有人發現我。

我輕輕推開教室門離開，不管三七二十一，拉開腳步使出全力奔馳，果然成功抵達廁所。

不過。

遺憾的是……男廁內，已經有七、八個人在等我。

一定是班上同學告密的吧，我深深地嘆一口氣。

帶頭的混混學長輕佻地走出男廁，對我說：「進來吧，不用想逃，附近都是我的人啊。」

我苦笑，真的很無奈。

「你在偷崔墨花的奶罩時，就應該知道有這種下場了吧？」

「是啊，哈哈。」我竟然無奈到狂笑，「我整天拿著崔墨花的內衣又舔又聞，享受她的體味跟汗味，就好像她跟我合而為一般，呼……我光是想像，就興奮到不行吶。」

混混學長的女神被我玷汙，整個人暴怒，往地上吐了口口水，看起來不讓我重傷是不會罷休了。

我脫掉已經髒掉的白色襯衫，邁開步伐要走進男廁，抱持著就算送醫院，我也要拖幾個人下水的心態。

「傻瓜！你在逞什麼強！」

女廁突然伸出一隻手將我拖進去。

她一不做二不休，強行將我拉到廁所隔間裡面，直到現在我才看清楚她……竟然是楊文泱！就是脾氣很差的楊文泱！

「妳、妳想幹麼？」第一次進來女廁的我很慌張。

「救你啊。」她狠狠瞪著女廁外的一大群人。

混混學長自認不是變態，所以在外頭叫囂遲遲不願意進來扁我，當然，各種羞辱我的髒話絕對不會少，要將我激出去的意圖很明顯，所以我掙脫開楊文泱的手，給她一個感謝的眼神。

「明明知道他們是激將法，你還要出去？」

「抱歉，我家大姊曾囑咐我——當外人打我左臉的時候，我有義務把他整張臉打爛。因此，就算明知會失敗，也要打。」

「你等一下！」

「等什麼？」

「等我哥。」

像是呼應楊文泱說的話，女廁外忽然安靜下來，所有排隊揍我的人往後退去。

我的視線被阻擋，並沒有辦法看清外面發生什麼事，只能側耳傾聽。

外頭好幾道呼吸聲越來越沉重，彷彿遇見什麼可怕的怪物……

一分鐘猶如一世紀，帶頭的混混學長才開口說：「楊文泰，這、這不關你們棒球隊的事。」

「我知道。」

「那你到底來幹麼……我們無冤無仇……你。」

「來尿尿，順便處理冒犯我妹的人。」

一句話落下，隨之爆發出各種聲響，女廁外面打成一片，拳頭打在臉頰的聲音、腳踢在肚子的聲音、跌倒的聲音、在地上爬的聲音、疼痛的慘叫聲、嘶啞的求饒聲，身體撞擊水泥牆的悶聲，這一切交織成一段血腥的交響樂，楊文泱的哥哥穿梭在其中，儼然是指揮家的絕妙身姿。

透過女廁門看見的光芒是怎麼回事？這根本就是小說中的主角橫空出世，渾身殺氣凜然，路見不平拔刀相助，拯救廢物配角的經典橋段啊。

身為敬業配角的我沒出去幫忙，因為我有自知之明，出手也只不過是干擾這位高三的學長罷了。

「為什麼幫我？」我問了有點出神的楊文泱。

她目前的情況，就跟粉絲看見夢寐以求的偶像在眼前唱歌跳舞一樣，就只差雙眼沒變成愛心形而已。

「……因為金玲學姊要我幫忙。」楊文泱終於回過神，有些不耐煩地看向我，「還有，我剛好看你可憐罷了。」

「妳認識我四姊？」

「嗯，以前曾經合作過。」

「合作什麼？」

「阻止你和小夢交往的計畫。」

「……」我該說不意外嗎？難怪當時四姊可以準確掌握有關小夢的訊息。

「我是為小夢好，我是對的。」楊文泱理所當然地說：「所以我不會隱瞞你，因為我問心無愧。」

原本對她僅有的感謝已經蕩然無存，我無奈地問：「妳認為我配不上妳的好姊妹對吧，於是自以為是地出手破壞，還洋洋得意？」

「在和小夢無數次的閒聊當中，我認為你是個好人，但我不後悔和金玲學姊合作。」

楊文泱居然沒說我是垃圾？害我一時間不知道該怎麼回應。

「認識你之後，小夢變得非常快樂，可是當她告訴我，要前往蛋糕店，答應和你交往時，我就極力反對，果然……她帶著難過又失望的情緒回來，還替你解釋，是因為家裡出現狀況才爽約。」

「我當時是家裡五姊生病住院，不回去不行。」我解釋，儘管我不知道為什麼要解釋。

「你沒有錯。」

「既然我沒有錯，在大地震過後，我和小夢應該還有機會……妳……」

「我還是反對，用所有力氣反對。」

「為什麼……」

「因為你跟我一樣，是同一種人。」

楊文泱這句話，我是完全聽不懂。

「我和妳一樣？妳到底在說什麼？」

「你就是個徹徹底底的姊控啊！李狂龍！」

該用晴天霹靂來形容目前我的表情嗎？我真的沒想到，除了跟姊寶扯上關係之外，還會被人家說是一個姊控，完全無法想像。

不過震驚之餘，我依然蓄積力氣，反駁道：「只因為妳個人對我莫名其妙的判斷，就這樣拆散我和小夢？妳不覺得很過分嗎？」

「你錯了，會說出這種話，代表你不懂小夢。」楊文泱淡淡地說出快讓我整個人燃燒的話語。

「喔喔喔喔，我快瘋了。」

「小夢是一個很有主見的女孩子，就算我說你是變態、色狼、淫魔，她頂多就是聽聽，然後對我笑笑，根本不管我說什麼。」楊文泱既遺憾又惱怒地說：「之前和金玲學姊合作的行動，現在想想……只不過是我們一廂情願而已。」

「小夢不聽妳的話，那應該會和我在一起才對，所以妳別想撇清責任。」

「你又錯了。」

「我、我又錯了？」

「小夢之所以改變心意，是因為她也確認，你是一個不折不扣的姊控啊！」

……我敗了，完敗。

「其實我就算和金玲學姊什麼都不做，小夢最後也不會跟你在一起的。」

原來這就是萬箭穿心的感覺嗎？我雙手按在胸前，不自覺地退後一步，因為我一想到小夢反覆的表現，就大概能猜得到，楊文泱說的是真話，也就是我心中疑惑的答案。

我，李狂龍，雖有五個姊姊，但是被誤會成一名姊控，真是莫大的悲哀吶……

在我感嘆懊惱之際，女廁外的打鬥也結束了，楊文泱沒再理我，逕自撲進哥哥的懷抱當中，溫馴得像一條小貓，和把玫瑰跟卡片塞進我嘴巴時的模樣完全不同。

自帶主角威能的學長和楊文泱離去，我才緩緩地走出女廁，看著滿地的崔墨花親衛隊，覺得宇宙主宰真的很不公平。

我在洗手臺前，有些汙濁的鏡面映射出鼻尖上的傷口，這副窩囊樣讓我不禁苦笑。

「呵……如果人生是一本小說，我註定不會成為主角吧。」

在李家的廁所內，召開了一場緊急會議！

這幾天以來，事態發展已經超乎想像，所以我沒有時間意志消沉，被誤會是姊控的事被我拋在腦後，此刻應該專注於要怎麼面對戀鬥社有如排山倒海的敵意。

我坐在馬桶上，原本想順便大號，但是已經便祕兩天了，很明顯是心裡承受太多壓力。

五姊跪在浴缸內洗大姊的名牌衣物，身上淡灰色的熊貓圖樣帽T一沾到水，顏色立即變深，最後全身都一點一點的，實在非常辛苦。可是我要幫忙，又會被她拒絕，對此我感到深深的無奈。

四姊則靠在牆邊，一身輕便的T恤和牛仔短褲，雙眼凝視著五姊，眉眼間隱藏不少擔憂，想勸但是又不敢開口的矛盾，讓她渾身不對勁，屁股一直在牆面摩擦。

她的擔憂是可以理解的，因為五姊在極致高興時會做家事，可是在極致憤怒時……也會做家事。五姊有多久沒這種反應，老實說，我已經不記得了。

會在廁所開會，並不是四姊的緣故，而是因為五姊要洗根本就沒穿過的衣物啊。

「五姊，是戀鬥社找妳麻煩嗎？」我冷冷地問，畢竟戀鬥社連五姊的好友都能收買，將鰻魚便當掉包成蛇蛇便當，可見五姊並不安全。

五姊氣憤地說：「對！」

「怎樣的麻煩？」

「有人匿名寄給我一張照片。」

「然後……」我。

「然後……」四姊。

「然後！」五姊氣到站起來，雙手扠腰，胸口不斷起伏，「他們很卑鄙，趁我和男同學說話時偷拍，角度故意選得非常曖昧，畫面上我們好像快、快親到嘴了，但是實際上根本沒有！」

四姊疑惑地問：「照片被散播出去了嗎？」

「可能還沒有吧，他們應該是準備要威脅我，所以在條件開出來之前，不會流出去的……」五姊又氣又惱，一副快哭出來的模樣，「我堅守十八年的清譽就要被戀鬥社毀掉了……我的貞節怎麼辦……萬一大家都以為我是隨便的女人，那、那我就去死掉算了！」

「別擔心，沒人會認為五姊是隨便的女人，因為照片內的男同學長得實在是非常帥呀，條件一看就知道很好，一定很多女生暗戀吧。」我好羨慕，唉。

「龍龍……怎麼知道？」

「喔，我有收到。」

我拿出手機給五姊看，五姊不看還好，一看就陷入呆滯的狀態，過了十秒鐘，她慢慢噘起嘴脣，下巴皺起，開始輕顫，眼眶內都是滾動的淚珠……這反應也未免太嚴重了吧！

「我要殺掉白元希……嗚嗚……我一定要殺掉她……嗚嗚嗚嗚……」

「五姊別哭，我看這男人不差，應該配得上妳。」

五姊聽完，哭得更嚴重，彷彿人生最珍貴的寶物被戀鬥社的照片和我的一句話毀掉，真沒想到五姊是這麼傳統的女生，連傳點緋聞都受不了，潔身自愛到歇斯底里的程度，在現在已經很少見了。

我安慰地說：「放心，五姊，我不會說出去，妳未來的丈夫不可能知道。」

「嗚嗚嗚嗚……嗚嗚嗚嗚……嗚嗚嗚嗚嗚嗚……」五姊搶走我的手機想要砸爛

掉，可是一想到是自己打工買的，又捨不得。

我再度安撫道：「別難過，要是妳丈夫連這點小事都不能忍受，那不要也罷，大不了再找一個吧，依我家五姊的條件，什麼樣的男人找不到？」

五姊已經躺在浴缸內打滾。

四姊看不下去，拿沐浴乳敲我的頭。

我真的搞不懂，我究竟是說錯什麼。

四姊擔心五姊會溺斃在浴缸內，所以也爬進去，把自己雙胞胎妹妹撈起，順便將整缸用來洗衣服的泡泡水放掉，不過這對姊妹無可避免的全身溼透，像是一對戰敗的公雞。

戀鬥社，真是窮凶極惡，讓我的姊姊們失魂落魄，可惡。

「五妹，其實妳不要太放在心上，這是戀鬥社的陰謀，妳要是太難過，就讓他們得逞了。」四姊輕撫五姊隆起的胸。

「可是……可是龍龍……龍龍他……」五姊哀怨地看我。

「弟弟是笨蛋啊，戀鬥社就是算準這點嘛，妳看我，不管他們使出什麼陰招都沒用，我根本就不怕呀。」

「真、真的嗎……」

「當然是真的，我的外表和內在都非常堅韌，戀鬥社想要打擊我？哼哼，痴心妄想。」四姊用指腹抹掉五姊的眼淚，傲然道：「要不然讓弟弟試試看就知道了，我教妳要怎麼對付言語的攻擊。」

「嗯……我想學。」五姊點點頭。

「好。」四姊指向我，「蠢蟲，現在開始，用言語攻擊我！」

難得四姊有姊姊的樣子，我當然願意配合，故意堆起最令人討厭的表情，用最機車的口吻展開攻勢——

「四姊，別裝出一副姊姊的模樣吧，也不看看妳的胸部平坦到連蚊子都會滑倒，幼兒體型也就算了，我就當作多一個弟弟，可是呢，妳又愛當姊姊教訓我，真是受不了吶，尤其那一頭櫻桃色的短髮，有夠瞎，還翹起一撮短毛，那是什麼鬼？自以為萌嗎？笑死我了，妳怎麼不乾脆加裝天線，當天線寶寶算了？」

「……嗚嗚嗚嗚，你的嘴很賤……嗚嗚嗚嗚……我才不是天線寶寶……」

四姊眼淚潰堤，倒在五姊身上痛哭。

「……妳不是說要對付言語攻擊嗎？」我好錯愕。

「可是我承受不了，尤其是幼兒體型那邊……哇哇哇哇……我恨你，我是真的受傷了……嗚嗚嗚嗚……」

「……」我到底上輩子是造了什麼孽？

「嗚嗚嗚……嗚嗚嗚嗚……嗚嗚嗚……」

我趕緊陪笑道：「現在戀鬥社大敵當前，要不然我們還是先討論反擊計畫吧。」

「嗚嗚嗚嗚……嗚嗚嗚嗚嗚嗚……」

我眼前有一對雙胞胎同時號啕大哭。

如此慘烈的情況已經好幾年沒見過，我慌張地從馬桶上站起來，赫然發現自己進退兩難，先逃跑等她們哭完，這方法是不錯，可是今天大姊在家，萬一有人去打小報告，那我不是死無葬身之地？要不然盡全力去哄兩位姊姊，可是……依我的功力，恐怕壯志未酬身先死啊！

我尷尬地笑，用靠近野生動物的謹慎跨進浴缸，勉強擠在四姊和五姊中間，也不管褲子溼了整片。

「哎呀，我可愛的姊姊們，這一切都是我的錯。」才怪。我伸出左右手，分別摸摸她們的髮絲，繼續誠懇地道歉：「對不起嘛，我會深切檢討……」縱使我不知道要檢討什麼。

四姊恨恨地撥開我的手，罵道：「蚊子停在我的胸部才不會滑倒！笨蛋！」

五姊氣呼呼地把我的手抱在胸前，惱道：「自己姊姊的貞操都被玷汙了，龍龍還說風涼話……」

「是的，都是小弟的錯，下次絕不會再犯。」我低頭悔過，「請兩位就不要再哭了。」

「管你！我還要再哭……嗚嗚嗚嗚……」四姊拉著剛剛才撥掉的手，重新放回自己頭頂。

就當我正腦力激盪、思索其他安慰方式時，好死不死，傳來「叩叩叩」的敲門聲，我根本連想都不用想，就知道在廁所外的人是誰。

「喂，裡面有人嗎？」大姊納悶地問。

我趕緊用一切沒事的語氣說：「喔喔，我在大便。」

「可是，弟弟，你大便歸大便，為什麼要把香玲跟金玲帶進去呢？」

「……我、呃，我是，我沒有。」

「開門。」

「四姊和五姊很好，大姊不要擔心啊。」

「我都聽到她們在哭了，你還想騙我……別忘記欺負姊姊，罪、該、萬、死喔！」

無數發若有似無卻又殺傷力十足的子彈，貫穿廁所門命中我的身軀，當我拖著滿目瘡痍的四肢要去開門時，大姊已經一腳踹開，像是ＦＢＩ闖進綁架犯的藏身處，順利制伏歹徒救出兩名肉票。

更讓我無言的是，名為李金玲和李香玲的肉票們，正哭訴自己遭遇多不人道的待遇，矛頭一致指向我。

「弟弟，是該我們好好談談的時候了。」大姊的手指關節啪啪作響。

人家說雙胞胎心有靈犀，這是真的。

四姊和五姊彷彿一對默契十足的相聲表演者，妳一言、她一句，說的話不斷穿插，聽似雜亂無章，但其實是用各種角度還原整起事件的樣貌，只不過有一點很特別——儘管她們倆沒有套招過，卻都絕口不提「戀鬥社」這三個字。

是因為二姊的關係吧，我猜。

反正在她們口中，原本擔任大魔王的戀鬥社統統被元希學姊給取代，再用孟姜女哭倒長城的腔調，瞬間就塑造出一位罪孽深重、無惡不作的混世魔頭，並且渴望大姊出手援助。

大姊聽完，不發一語，盤腿坐在客廳沙發，左邊大腿被四姊抱住，右邊大腿被五姊枕著，她的左右手各自放在四姊與五姊的頭上，像是在摸自己養的寵物，凌駕於萬物之上。

要不是她穿著我的四角短褲和體育服，稍稍減低恣意外放的霸氣，我已經雙腳跪下求饒了吧？

不過大姊閉目沉思，卻讓我膽顫心驚，要是她真的介入，最後一定會知道戀鬥社的真相，要是因此跟二姊有什麼衝突，我可不樂見。

一個家，不管如何都應該要和樂融融呀。

「雖然我很同情妳們的遭遇，也覺得這位白元希很討厭……」大姊緩緩睜開眼睛，對四姊與五姊說話，卻定睛在我的臉上，「但是我沒有辦法幫妳們。」

我連看都不用看，就知道這對雙胞胎的表情一定很錯愕。

「同學間的事，妳們要自己解決，人生不可能一帆風順。」大姊輕輕摸著四姊的耳垂，「何況有三妹可以幫妳們，弟弟也能幫妳們，我很放心。」

「……三姊？」五姊疑惑地問。

大姊摸上她的臉頰，回答：「三妹不是說過，『只要是人就有弱點』嗎？那既然白元希是人，妳們有什麼好怕的呢？」

「我有辦法了！」四姊突然坐起，欣喜地大叫：「元希是女生，就跟我們一樣，所以我們只要派弟弟去性騷擾她，她就輸了啊！」

「……」我無言以對。

五姊好奇地問：「怎麼樣才算性騷擾呢？龍龍會嗎？」

「我看過影片喔，弟弟就尾隨在元希身後，找到一個無人的時機，譬如說廁所啊、空教室啊，弟弟就可以出手了，嗯……我記得影片是這樣演。」四姊跨過大姊，坐到五姊的身邊，在胸部前面比劃，最後雙手揉了下去，「把她壓在桌上，雙手攻擊！」

五姊無感地低頭看自己被輕揉到微微變形的豐胸，「就、就這樣嗎？」

「不止，弟弟還要露出淫邪的表情，然後慢慢往下進攻……」四姊的手開始在五姊身上不安分地遊走，漸漸滑過乳溝、肚子、小腹，繼續往下。

五姊終於紅了臉頰，開始猛力搖頭。

「最後抵達……嗚……」四姊的手下移到一半，我已經用手刀劈在她的後腦。以下犯上的感覺好美妙，尤其是修理四姊的時候。

「嗚嗚嗚嗚……」四姊雙手按住後腦，小臉皺成一團，吃痛道：「大姊，弟弟打我！」

大姊直接無視她，把腳伸直放在桌上，對我說：「就算整個聖德高中都是敵人，你也要保證姊姊們的安全，能嗎？」

「能。」

我捧起大姊精美的腳，搓揉腳底按摩，「我應該有一個方法可以改變當前局面，只是有一點瘋狂……」

「多瘋狂？」五姊睜大眼睛問。

「需要姊姊們的幫忙。」我捏捏大姊如玉似的腳趾，面無表情。

「我幫我幫。」五姊舉起四姊的手，期待地高喊：「四姊也幫。」

我抬眼看狐疑的四姊，沒想到她沒有抗議跟反對，所以我也坦白地說：「還需要大姊在『校外』幫忙。」

「幫什麼忙？」連大姊也問。

「說之前，我要跟三姊和四姊私下談一談。」我凝重道，畢竟腦袋裡的計畫滿危險的。

四姊抿起嘴，雙手抱胸，終於有姊姊的樣子。

五姊站起來，直接撲倒我，不依地說：「為什麼要把我排除在外！我也要知道！」

「是啊。」大姊用腳戳我的肚子，不爽道：「幹麼搞小圈圈。」

我剛剛努力營造出的肅殺氣氛瞬間毀掉，被夾擊之下，我滾在沙發邊抵抗。

「不、不是……別戳，我會癢……哈哈，五姊妳下來，不要用胸部壓我……等等……我會摔倒……別再戳了，哈哈哈哈……放過我。」

大姊的腳很厲害，不管我滾到哪，趾尖總是能戳到我的癢處，而五姊就更煩了，因為從小她就捨不得打我，所以很生氣又無處發洩的時候，就會自然而然地用體重來壓我。

當然，這是我經過長年觀察得出的結果，真正的想法演化只存在五姊的腦中，我是永遠無法參透這種怪異行為的動機。

我滾動又怕壓傷五姊，但是不滾又怕大姊的腳，所以我乾脆抱緊五姊，讓她擋在我的面前，不過大姊的成名絕招，除「捏奶手」之外就是這「鑽心腳」了，無差別攻擊下，讓五姊癢到像條蟲蠕動。

拚命地想抱住她，最後雙手只好擁在五姊的胸部下緣。

「你們不要欺負弟弟！走開！走開！」

四姊居然挺身而出，敞開雙手護在我身前，讓大姊收回又美又可怕的腳。

不過四姊說出保護我的話……真的沒問題嗎？

我有點擔心欸。

怎麼辦呢？

半夜，我睡不著覺。

一連串的事件讓我的腦神經有點衰弱，在床上翻來覆去又怕吵醒五姊，索性就摸黑離開房間，信步走到三姊房門前。

門縫流瀉出白光，代表三姊還沒睡，或者是已經起床，所以我推開門，打算跟三姊談談……

「你幹麼！不要看……出去！」

「對、對不起。」

我關上門，整張臉扭曲變形，剛剛的畫面真的非常莫名其妙，三姊雙手抱著一件白色的洋裝遮在胸前。

因為全身赤裸背對著我還蹲在地上的關係，所以我可以清楚地看見她白到不像人的美背，因為害羞而漾起的淺淺粉紅，平均地灑在她姣好的身軀曲線上，從後頸、脊椎、屁股、大腿、小腿……非常完美，更別說因為擠壓而漾開的側乳。

唉，我家三姊要是多出去晒晒太陽，一定會長得更加誘人吧。

過不久，三姊換上剛剛的白色洋裝，有些怨懟地讓我進去。

「弟弟，女生換衣服的時候，你應該敲門呀。」三姊坐在自己床邊，天生高人一等的優越感消失，取而代之是難得一見的羞怒神情。

原來姊姊被弟弟看到裸體是會生氣的，我第一次知道，趕緊記在腦中，避免下次再犯。

我的腦海裡有一張表，清楚記錄什麼姊姊能做什麼事，另外什麼姊姊不能做什麼事也有記錄。

譬如說，五姊換衣服的時候，我可以隨時進入，這ＯＫ；四姊洗澡的時候，我可以進入大便，這ＯＫ，但是不能說她像小男生一樣，這不ＯＫ；大姊在睡覺的時候，可以躺在她身邊，這ＯＫ，但是在她看影劇時靠近她，這不ＯＫ……巴啦巴啦，這些規則早已經深刻在我的血脈當中，卻沒想到今天出了差錯。

「三姊，抱歉，我下次會敲門。」我再度道歉。

三姊縮起雙腳，雙手抱著胸，嗔道：「你剛剛看到什麼？」

「我什麼都沒看見。」該說謊的時候，還是要說謊的。

「我討厭弟弟騙人……」

「只有一小部分，一丁丁而已。」

「說、說來聽聽。」

「我看見妳的脖子、肩膀、背、腰椎、屁股、大腿……」

「那不是統統都看見了嗎！」

「還有小腿、腳掌、側面的胸沒看見，三姊別擔心。」

「……側、側面的胸？你……你……」三姊原本蒼白的臉蛋此時紅到像是要滴出血來，「馬上給我忘記！」

「是的。」

可能是看在我非常誠懇道歉的分上，原本三姊因為激動而起伏的肩慢慢平復。

哎呀，其實兄弟姊妹之間看看身體是很正常的事，像五姊半裸或全裸的樣子我就常常看啊，四姊還有幾十張我的裸照欸，這次三姊應該也知道自己太大驚小怪了吧。

「既然忘記……那我就原諒你，說吧，半夜找我有什麼事。」

喔喔喔喔，三姊真不愧是三姊，細微末節的小事一下就看開了，能早早進入正題是我最大的希望，哪像下午我跟四姊討論，就用掉快四個小時的時間，其中我說最多的句子，竟然是「請妳不要咬我」。

我走到三姊旁邊坐下，原本打算和她參詳對付戀鬥社的計畫，可是我屁股剛碰到床，三姊立刻防禦性地縮起身子，彷彿我是蟑螂之類的生物。

「抱歉……」我滑下屁股，坐在地板上。

「弟弟不是……是我一時，唉，坐我旁邊吧。」三姊歉然道。

「沒關係。」我擺擺手，要她不要介意後，便開口說：「戀鬥社是二姊創立的，原意是幫助孤獨的男女能和心儀的另一半交往，雖然現在的手段越來越極端，但出發點仍是善良的……」

「沒錯，不過我不懂你的想法。」

「老實說，戀鬥社對我展開的攻勢，已經讓我吃不消了。」

「你想毀掉戀鬥社？」三姊這一問，隱含很多訊息。

我思索片刻，低聲問：「三姊有毀掉戀鬥社的方式？」

對於我的問題，顯然讓三姊有點詫異，像是猜錯我的意圖，原本聰明絕頂的她，今夜有點失常。到底是什麼原因呢？真讓我好奇。

她輕咳一聲，重新整理情緒，最後冷靜地說：「我的確有毀掉戀鬥社的方法，但弟弟似乎不是這樣想？」

「對，我只是想自保而已。」我將腦袋裡的構想全盤托出，任何細節都沒有保留，讓三姊清楚知道一切。

語畢，三姊稍稍偏過頭，手撐在額前，進入深層的思考模式。事實上，她就是一臺人肉電腦，可以替我運算出計畫的缺點、優點和可行性，避免我只是紙上談兵。

良久，她才點點頭說：「有點危險，不過成功率還滿高的，重點是效果剛好。」

「有妳這番話，我就安心了。」

「弟弟……還有問題嗎？」三姊忽然拋出這句話。

我假裝非常不解地望向她。

「你應該還有什麼困擾的事吧，要不然不會在深夜、全家都在睡覺的時候找我。」

三姊對我的行為瞭若指掌。

雖然我很難啟齒，不過這個問題，全世界大概也只有她能給我答案，於是我厚著臉皮詢問，盡量不讓她看出我的窘迫。

「三姊……妳覺得我是個姊控嗎？」

「姊控？就是愛上姊姊的人嗎？」

三姊的聲線聽起來正常，只不過有一點輕顫，果然我的問題讓她嚇到了。

「我只是隨便問問的，妳別太認真啊。」

「其實……我不太懂姊控的定義，但是依我交過男朋友的經驗，假如，弟弟是我男朋友的話，看見你和其他姊姊的互動，會讓我……會讓我很生氣，所以你算不算姊控，就要問你自己了。」

我和姊姊的互動方式，會讓女朋友很生氣？

這是什麼意思？我突然間跟不上三姊跳躍的邏輯。

「等一下！妳交過男朋友！」

我難以接受地大喊。

三姊愕然地雙手按住自己嘴巴，有如眼淚般的紫色胎記，似乎從眼尾緩緩落下……

三姊竟然瞞著家人交過男朋友，這在李家可是爆炸性的消息，只不過昨晚三姊按住自己嘴巴後還不夠，竟然還按住我的嘴，擺明就是要我不准說出去，否則魚死網破，要跟我同歸於盡的意思。

沒有原因，我當下完全喘不過氣，知道曾經有個男生成為三姊最親密的人，我非常難以接受，這和我鼓勵五姊去交男朋友的情況完全不同，既定的事實和出主意完全是兩碼子事。

很糟糕，古怪的情緒彷彿化為無數絲線綑綁住我，我不明所以，只能暫時不去想。

因為。

現在……

是聖德高中一個禮拜一次的升旗典禮，計畫就要開始進行，不容我分神。

我環視四周，操場中央的草地上站滿千位的學生，隔著一條PU跑道，主任正在司令臺持麥克風說話，司令臺後方緊貼著兩公尺高的圍牆，圍牆外是一條小河，因為有時河水會暴漲的關係，校地和河床大概有兩層樓高的差距。

一切準備就緒，計畫就要展開。

當司令臺上的司儀宣布升旗典禮結束，大家紛紛得到解脫準備走回教室時，我卻反其道而行走向司令臺。

五姊也從隊伍中出來，臉色緊張地追上我。

「龍龍，再想一想，這真的太危險了。」

「沒辦法，這招效果最好。」

我們姊弟倆透過旁邊的鐵梯爬上司令臺的屋頂，河道和校地的高度再加上司令臺的高度，共八公尺之高讓五姊很害怕，可是我卻毫不後悔，決定站在此處坦蕩蕩地面對近千道銳利的視線。

「李狂龍！你們在幹麼？還不馬上給我下來！」底下的教官發現我們，立刻鐵青著臉。

「我有幾句話要說，讓我說完就好，否則……否則我就跳下去！」我心有餘悸地看向司令臺後的小河，這高度落差已經差不多有三層樓高。

大家聽到我要跳下去，所有同學立刻陷入沉默，但是表情卻不相同，有的同情、有的嘲笑、有的不屑、有的好奇，有的甚至希望我快點跳下去。

教官發現我不是惡作劇，無法判斷我是認真還是開玩笑，也不敢爬上鐵梯將我揪下去，只好馬上打電話聯絡其他人，可能是校長、可能是警察，我不知道，我唯一知道的是……

時間有限。

「對不起，耽誤大家三分鐘就好！」

我釋放所有勇氣，希望一番肺腑之言能讓所有人聽進去。

「也許很多人不知道我是誰，我是高二生李狂龍，傳聞中偷竊崔墨花內衣的超級變態狂，關於我種種噁心的事蹟，大家應該都有所耳聞，我相信你們當中有不少人曾經罵過我，還參與修理我的行動吧？」

短短幾句話，我說到有點喘，因為操場很大，我必須用掉所有力量，確保每個人都聽得到。

「坦白講，我是喜歡到處找女生告白沒錯，但是我絕對不是什麼變態，有關我性騷擾無辜女性的傳聞，統統都是白元希學姊嫁禍給我的，我是個有色無膽的人，真的要我去舔皮鞋或偷內衣……我辦不到。」

臺下開始傳來噓聲，顯然沒有人相信我。

「好！你們沒人相信我沒關係，只是要尋仇的人請衝著我來，圍毆、辱罵、孤立，這些爛招我統統沒在怕，但我要拜託你們放過我兩位姊姊，就算我是個真正的變態狂，我的家人卻沒有做錯任何事，請白元希學姊高抬貴手。」

我再三強調「白元希」這個關鍵詞，看來效果很顯著，底下同學開始交頭接耳，隱藏在崔墨花背後的聖德國王終於浮上檯面。

「這是真的！」在我身後的五姊忽然大喊：「我弟弟要是變態狂的話，早就對我伸出狼爪了，可是他是個很尊重女生的男生，尊重到我都懷疑他是不是性功能障礙了啊！」

操場中的同學開始交頭接耳，不少男生用鄙視的目光看我。

我輕咳兩聲打斷五姊的脫稿演出，繼續道：「我知道我說的話，一定沒有人相信，因為在這間學校壁壘分明，有人氣的人和沒人緣的人中間，有一道無法跨越的鴻溝，像崔墨花和白元希只要開口，就能夠讓我瞬間變成人人喊打的過街老鼠。」

同學們又再度安靜下來，似乎很好奇接下來我會怎麼做。

整個操場吹來一陣強風，我一鼓作氣地大吼：「好吧，她們說我有罪，那我就是有罪，只希望我為此付出代價以後，大家能夠放過我的姊姊們……」

我收起所有表情，眼神失焦地俯視整個聖德高中的操場，懷念起曾經在此發生的點點滴滴，一回首，面對司令臺後乾涸的小河——那跳下去至少重傷的落差。

我瀟脫地扔下最後一句話。

「其實我的罪，只不過是沒去舔白元希的腳趾罷了。」

一咬牙根，大步邁開步伐。

背對所有的同學一跳，我再也不用看見他們的臉。

大概十秒鐘過後，同學們看見渾身是血的我，倒趴河畔的砂石之上，伴隨響徹操場的尖叫和驚呼。

我要讓他們知道，白元希是殺我的凶手。

第四條　陪姊姊逛街要隨傳隨到

我的制服全部是血紅色的假血，正在陽臺用水龍頭刷洗。目前我全身上下也都是假血，連大姊的車內也是，我大概要花上好幾個小時來處理，要不然大姊根本不會讓我踏進家門。

我蹲在地上努力地刷，大姊看不下去，在我的頭頂倒下半罐沐浴乳，開始替我洗頭，十指在我的髮間緩緩穿梭……猛然拔起幾根！

「啊啊啊……好痛！」

「你也知道痛喔？」大姊依舊慢條斯理地搓揉我的髮絲，只不過某種無法用言語描述的壓迫感已經塞滿陽臺，「你知道我看見你倒在血泊中……那種、那種感受嗎……算了，你真該死。」

「啊啊啊啊……」又一撮秀髮離我而去，同時間大姊的手機第三次響起。

她惡狠狠地拍我的後腦，冷冷道：「別給我鬼吼鬼叫，萬一鄰居以為我在虐待弟弟怎麼辦？」

「妳就是在虐待……啊啊啊啊啊……好的，大姊……頭我自己洗就可以了。」我哭著感謝大姊的好意。

不過我們李家的主宰者不為所動，繼續洗頭，恐嚇道：「把所有事情發生的經過告訴我，否則你就要有少年禿了喔。」

我的眼眶含淚，不能接受才十七歲就有禿頭問題，但是大姊的手指頭卻始終在我的頭皮遊走，雖然感覺還滿舒服的，不過真正的可怕之處就在此，當愉悅和恐懼並列……那真是一種折磨啊。

「我說……我統統都說了……」

大姊滿意地搔搔我的頭，而我只能在第四次電話鈴聲響起時全盤托出一切。

這是一個所有姊姊都參與的計畫，目標就是戀鬥社社長白元希。

從一開始，五姊陪我爬上司令臺屋頂，就進入我的計畫當中，首先我用不卑不亢的口氣對所有同學澄清，當然一定沒有人會相信我，但是我說的話會造成一個「模糊的印象」，默默存在每個人的大腦裡。

然後我利用魔術手法中最粗淺的視覺落差，別忘了，司令臺背面和圍牆黏在一塊，我騰空跳下時，就躲在圍牆突出來的那小小九十公分寬的空間，馬上拉好早已經釘在圍牆上的繩索，並且掛在藏於腰間的皮帶上，順利地用懸吊的方式快速滑落到河畔邊。

在司令臺屋頂上哭泣嘶吼「弟弟啊～～」的五姊，有如狗血連續劇的女主角上身，邊呼喊我的名字、邊順便伸手拆除釘在圍牆正上方的勾環和繩索，並拋入小河讓四姊回收。

此時，我已經趴好，裝作摔傷的樣子，四姊立刻用假血潑我，再將所有器具回收，不留一點痕跡地躲回河邊的雜草亂樹之中。

在操場上同學、教官、老師的眼中，我是悲憤地懇求白元希放過姊姊後，二話不說就往司令臺後方跳下，在驚訝之餘等他們衝過ＰＵ跑道、抵達圍牆邊時，便看見我倒臥在一灘血中，而我的計畫就只差最後一步。

「碰巧」開車經過河邊的大姊登場了，她鐵青著臉，從橋邊的樓梯跑下河床，立刻用怪力扛起假裝重傷暈眩的我，一路背進車內，在教官從側門跑到河邊之前，就已經點燃奧迪跑車的引擎，像一陣颶風似的送我回家。

其實，這是整個計畫最大的破綻。

但是……我有大姊。

「喂？」當手機第八次響起，大姊洗掉手上的泡沫，不慍不怒地接起電話，「……對，我弟弟傷得很重，我已經將他送到我信得過的私人醫院，不用了……不需要你們探望，他在學校被欺壓時，你們沒有人管他，現在他受不了了，終於使出激烈的手段，你們又突然關心他了？」

我將水龍頭關掉，靜靜聽這場對話。

「想知道我弟弟傷得多重？醫生剛剛說運氣好，傷處很多，但不致命，可是我一定要追究學校的責任，為什麼你們會容忍有如惡霸一般的學生，難道就是因為她們家有錢嗎！」

雖然聽不清楚，我還是能猜到教官正在道歉。

「對，沒錯，我弟弟我自己會照顧，不需要學校幫忙，另外……我還有兩個妹妹在讀書，要是她們再受到一點傷害，我李皇玲絕對不會再顧及母校之情，就算用盡所有手段，我也要讓聖德高中關門大吉！」

大姊掛掉電話，又打開幾封簡訊閱讀。

「是四妹的簡訊，學校內真如同你所預料的那樣，輿論開始逆轉了……四妹還說，假哭很累，嗯……喔，還說五妹哭得跟真的一樣，老師已經讓她們提前回家了。」

聽到四姊傳來的消息，我終於鬆一大口氣。

人就是一種最會馬後砲的生物，往往風向一轉，便很容易受到影響而改變想法。如今，我在跳下司令臺之前所說的話，會從原本模糊的印象逐漸變得清晰，成為開始馬後砲的動機。

這些話遲早會開始出現……

「我早就覺得白元希太過分，在便當內放蛇太扯了！」

「對啊，到這種程度，根本就是犯罪吧，李狂龍是白目沒錯，但有必要逼到他去跳河嗎？」

「崔墨花以為自己漂亮，就把自己當女神喔，最好是有人會去舔她的皮鞋，神經病！」

「霸凌！這絕對是校園霸凌！白元希和崔墨花以及她們的鷹犬都應該付出代價！要不然下次就輪到我們了！」

我所期待的效果，就是輿論上的逆轉，這樣一來，戀鬥社便再也無法找我的麻煩，全校同學、師生都會成為正義之士，變成我和姊姊們的後盾。

事情果然如我和三姊預料的那樣發展，透過雲逸寄給我一封又一封的簡訊便可以知道，就連教官都開始介入調查整起事件，也證明我根本沒有性騷擾過崔墨花，皮鞋驗出我的口水更是狗屁中的狗屁。

流言有一種特質，只要不被拆穿，就會慢慢變成真的。

我越想越是後怕，要是我反擊得太晚，會不會三人成虎，從此李狂龍就跟變態劃上等號，李家就此出了一個令少女聞之色變的「聖德之狼」？

「好險。」

表面上還躺在醫院療傷，實際上已經在家休息三天的我，吐出這句心裡話。

後來我才知道，兩位姊姊在學校也受到很多委屈，四姊魔術社社長的職位，被從沒出現過的社團指導老師拔掉，否定了她付出的努力，甚至下次成果發表也不讓她上臺。

明明就氣哭了吧，可是四姊在家都裝作沒事。

五姊的文具經常遺失，作業和筆記被不知名人士破壞，害她每節下課都不敢離開座位，警惕地守護自己的東西，難怪沒辦法替我送便當，我早該發現才對……唉，為什麼姊姊們不說，我就不能自動發現呢？

五姊連我沒說出口的願望都能替我達成，像上次的手機就是最好的例子，我對我的後知後覺感到羞愧。

七天的病假——自己抓時間的——到現在才過一半，我忽然開始覺得無聊了。

「四姊、五姊，快放學吧。」

白元希和崔墨花為了避風頭，也好幾天沒去上課。

校園內又恢復平靜，不管是我跳河，還是霸凌事件都有如明日黃花，再也沒有人談論。這樣最好，平靜地落幕，回到以前安逸的生活，四姊和五姊在教室內又綻開原本的笑容。

只不過，在名義上，四姊和五姊放學後都得到醫院照顧我，而我還躺在病床上。所以今天難得的假日，我們姊弟都被鎖在家中，百般無聊。

一早起床，才十點，我和五姊還在吃早餐，四姊的房內卻忽然傳出怪聲——

原本和樂融融的場面，因為怪聲而讓我們有點不安，可是我們沒多說什麼，依然面對面坐在餐桌旁吃總匯三明治，頂多雙眼偶爾會瞄向四姊的房門。

就在我吃到一半，已經準備要逃回房間的時候……

四姊開門了。

她昂首道：「面對一片黑暗，該是我攜帶著光，挺身而出！」

喔不……當四姊房內播放熱血激昂的名曲「紅●の弓矢」，身上還穿著調查兵團的Cosplay服裝，雙手持立體機動裝置的刀刃時，我就知道事情非常大條，腦袋中響起最危險的警報聲。

我和五姊對視一眼，我知道她和我想起同一件事——

大概是四姊國小六年級的時候吧，不知道為什麼她開始瘋看《美少女戰士》，不過她愛看就算了，竟然還喜歡代入到角色之中。

自己當月光仙子攻擊黑暗帝國的壞蛋（就是我），但五姊連想當個水星仙子玩玩也不准，真的是自私到令人憤怒。從那時候起，我和五姊就說好不陪她玩角色扮演了。

憑什麼我們都要當壞人！偶爾，我也想當燕尾服蒙面俠啊！

我和五姊極有默契，對於走火入魔中的四姊，採取不看、不聽、不問、沒有想法的「三不一沒有」政策，繼續吃早餐，假裝餐廳只有我們兩人，四姊只不過是團空氣。

「不要不理我！你們這群該死的巨人！」四姊高傲地用刀刃指我。

我就算額間冒出青筋，還是堅守三不一沒有的最高指導原則。

「可惡，超大型弟弟巨人，納命來吧！人類就由我來守護！」

然後四姊就用刀刃砍在我的後頸。

對，她真的砍了。

「呼……」我吐出一口熾熱的怒氣，企圖讓自己降溫。

「還真是難纏啊～看我的厲害，咻咻咻～」四姊在我旁邊跳了幾下，我猜是在模擬立體機動裝置在空中擺盪，然後再度用很精美的塑膠刀刃砍我脖子。

一直砍、一直砍、一直砍，一直砍砍！

我緩緩放下手中的總匯三明治，雖然我不得不稱讚四姊一身裝扮包括武器和衣飾都很仿真，要是她出去外面闖蕩，或許會成為一位很成功的Coser，但是她整天砍我……抱歉，很難忍下去。

知道我要抓狂的四姊輕巧地跳到五姊旁邊，高喊：「再來就換妳了！妹之巨人！」

然後一刀砍在五姊的後頸。

我不得不說四姊為了能夠歡樂地砍自己弟妹，在刀刃上還特地加了一層類似橡膠的物體，所以被砍的人其實不太痛，可是那股不爽感卻會不斷累積。

「笨蛋四姊！不要鬧了！」五姊終於憤怒。

「不要叫我四姊，妳這隻臭巨人，現在開始叫我兵長大人。」四姊說的跟真的一樣，但是她除了身高以外，沒半點像帥氣的兵長。

「我要告訴大姊！」五姊放出絕招。

四姊哼哼兩聲，輕蔑地說：「請出巨無霸巨人也沒用，一樣要死在我的刀下。」

沒錯，目前大姊不在家，已經沒人可以阻止其惡行，所以我和五姊只好悻悻然地離開餐桌，把早餐隨意塞進食道內，美好的早晨被徹底摧毀。

到底誰能阻止進擊的四姊呢？我沒有答案，恐怕只能等她自己玩膩。

於是化為地獄的假日就開始了。

四姊還在我的房間內加裝兩條繩索，可以在空中晃過來晃過去，然後一刀砍在我的後頸，我在電腦前面砍怪，四姊在我房間砍我，最後氣到我關掉遊戲，想跑去三姊的房間避難。

沒想到……三姊已經鎖門了。

「真不愧是我們家最聰明的人吶。」

我感嘆到一半，四姊已經在陽臺找到躲起來的五姊，並且精準地砍上幾刀。

沒辦法，只能逃了，我衝到陽臺抱起可憐的五姊，一路逃到主臥室去，希望藉由大姊的威懾力，阻止四姊的暴行。

但是，很遺憾，四姊已經進入鬼上身的狀態，連大姊都忘記要怕，她緩緩地推開房門，有如死神的化身，手上刀刃噴發出異常的冷光，似乎在告訴可憐的巨人們，脖子洗乾淨了嗎？我要切了喔。

五姊揪起大姊的棉被躲在我背後。

我雙手張開，在死亡面前，我沒有退讓。

「妳殺了一個巨人，還有千千萬萬個巨人。」

「千千萬萬個？那我便斬下千千萬萬刀！」

「……放過我們吧，我們願意永遠躲在牆外，不再靠近城牆一步。」我嚷嚷。

「你在吃我的同胞時，可曾想過『放過』兩字？」四姊入戲地流下一滴眼淚。

瞬間，幾道寒光閃過，我還看不清楚什麼，後頸傳來的感覺卻已經宣告我的死亡，當然……五姊也難逃被斬殺一途。

心滿意足的四姊轉身，姿態瀟灑飄逸，彷彿只不過順手拍死兩隻蒼蠅一般。

我想她終於玩膩了吧。

一直到中午，她都沒有再來砍我和五姊的脖子。

等我偷偷摸摸離開大姊房間，確定四姊在客廳的沙發午睡，我的嘴角頓時勾起一抹象徵報復的弧。

等到四姊睡飽醒來後，才發現自己調查兵團的制服已經被脫掉，立體機動裝置也在我身上，而我和五姊正站在電視前對她微笑——打從心底湧出的那種純粹微笑。

四姊慌張地大大抖了一下，一手遮住自己的胸部、一手遮在自己的雙腿之間，她全身只剩下一件可愛的三角內褲，原本我是不想這樣對她的，但是五姊已經氣到失去理智，用最輕微的力道將她扒光，最後還是在我的懇求之下，她才有內褲可以穿。

「報告狂龍分隊長，發現一點四八公尺級巨人。」五姊瞇起雙眼，指著不知道該逃去哪的四姊。

「真煩，我又要動手為人間除害了。」我無奈地搖頭，「不過一點四八公尺級……這還能算是巨人嗎？聽說現在國小生的平均身高都有一百五十公分了欸。」

「我也有一百五十公分！你們這些蠢蛋！」四姊倔強地反駁，已經離開沙發準備要逃。

但是五姊擋住她的去路，看來怒火中燒亟需宣洩管道。

我拿起刀刃，漫步走到四姊面前，她原本要伸出手抵抗，可是手一離開，重點部位就會曝光，左右為難之際，她急到眼眶泛紅。

「『放手一搏』吧，畢竟巨人是沒有性器官的啊。」

「我、我要告訴大姊……說你們以下犯上！」

「幼兒型巨人，受死吧。」

我高高舉起刀刃，已經瞄準好四姊的後頸，她也縮起整個肩膀，要吃我替天行道的一刀。就在我刀落之際……

門鈴響起。

四姊彷彿得到救贖，興奮地說：「大姊來救我了！」

「別去！」五姊抱住要去開門卻半裸的四姊，「沒用鑰匙開門，代表不是我們家的人。」

說的沒錯，要是大姊她會用鑰匙開門，不過也不能完全否定忘記帶鑰匙的可能性，於是我走到對講機前觀視監視器的畫面。

霎時，我手握的刀刃……因為失神而落在地板。

眼前出現了一位不可思議的人物，讓我久久說不出半句話來。

「龍龍，是、是誰？」連五姊也感受到不安的氣息。

「是元希學姊……」

糟。

我腦袋浮出這個字。

四姊一溜煙衝進房內穿衣服，五姊則是原地轉圈代表她不知道該怎麼辦。

其實她們都還好，畢竟在醫院照顧弟弟是可以輪班的，只要說現在是大姊輪值就可以了，但是我應該重傷躺在病床上，無論如何都無法解釋，為什麼可以在家裡玩「進擊的四姊」。

「你們好，我孤身一人到訪，單純是為了探望狂龍學弟，全身上下只有一套衣物、一束百合花以及……無限的敬意。」

元希學姊似乎洞悉了門內的事，她說的話讓我沒理由不開門。

原因很簡單，第一、她沒帶任何電子產品，就不能錄影或拍照，以證明我沒事；第二、花代表和談，她要是來找麻煩，根本不用禮數；第三、她一個人來，也象徵她的誠意。

「輸了就是輸了，我白元希是來談談，再無任何想法，不信的話……我脫光衣物讓你們檢查吧。」元希學姊古井無波般放下百合花，拉下典雅連身裙的肩帶，看樣子很快她就會脫光，絕對不是開玩笑。

我馬上將門打開，此舉讓五姊驚呼一聲，不能理解為什麼要開門。

元希學姊極有禮貌地脫下高跟鞋走進來，並且把百合花放在客廳桌上，儀態萬千地對五姊點頭示意，「冒昧打擾了，我有一些事想找狂龍學弟談談。」

她連步伐都很優雅，又直又黑的髮絲別上十來個一看就價值不菲的髮夾，一雙手腕配戴藍色和紅色的水晶手鍊，那件黑白色相間的連身裙應該也是經過名家設計，簡單卻能襯出她穠纖合度的身材，遑論靜靜擱在鎖骨上的鑽石項鍊，我根本不會去猜價格多少。

元希學姊天生有一股高人一等的氣勢，但是和大姊完全相反。

大姊是大開大合、直來直往，要我跪，我絕對不敢站。

而她……則視天下萬物如玩具，都能牢牢掌握。

我開始後悔了，我應該繼續玩進擊的四姊，不該和這位戀鬥社社長打交道。

元希學姊拉開餐桌的木椅逕自坐下，並且手一擺，要我坐在她對面。

這時候四姊穿好衣服，一打開房門就看到元希學姊，身子立刻一縮，猶豫自己該不該走出房間。

「我就直說了，身為戀鬥社社長一職，一定要遵守創社社長所立下的社規，所以你們隨便退社，讓我感到困擾，希望你們能悔過，趕緊回歸戀鬥社，畢竟團結比什麼都重要。」

「不要，絕對不回去！」

沒想到是站在我後面的五姊率先表達意見。

「也許你們利用狂龍學弟的苦肉計，暫時讓學校同學的矛頭指向我，但是我除了崔墨花以外……還有很多、很多、很多的幫手。」元希學姊雙手互握，猶如祈禱般說：「我如此低聲下氣地議和，希望你們能夠接受，違反社規之事，我不會追究。」

「我看過社規了，退出戀鬥社根本就沒違反任何一條。」五姊反駁。

「你們隨意退社，就有可能違反第一條洩漏機密，更別說第四條社長有補充社規的權力，我的補充就是你們不准隨意退社。」

「流氓！這是什麼社規啊！」

「別問我……不是我規定的。」

「二姊是大笨蛋！」

「創社社長才不是大笨蛋！妳不知道戀鬥社到底幫助了多少原本註定孤獨到畢業的人，這一切都是創社社長的功勞，在社團教室屋頂的整片退社申請就是證明。」

「反正二姊就是大笨蛋！」

「亞玲社長才不是大笨蛋！」

眼見僵持不下，我趕緊跳出來打圓場，把焦點從大笨蛋上面拉開，以免又產生不必要的衝突。

「既然戀鬥社社長的權力那麼大，所以假如妳願意放過我們……」

「不，我只要你們回來。」

「沒有其他折衷的方式嗎？大家各退一步呢？」我用最誠懇的口吻說：「譬如說，我們姊弟三人雖然不是戀鬥社社員，但是願意無條件幫助你們所制定的追愛計畫。」

「我只要你們回來，維持戀鬥社的完整。」

「那就是沒得談了？」

「我有一個賭注和一個條件可以供你們參考。」

「請說……」

「我們繼續互相攻擊，只不過是兩敗俱傷，所以……我提出一個賭注，這次運動會，我們比三個項目，要是戀鬥社取得兩勝，你們三人就乖乖回來，要是你們取得兩勝，我讓你們退社。」元希學姊單手托腮，像是講出一段平淡無奇的話。

我和五姊面面相覷，不知道該怎麼回答。

「因為我們人多占優勢，所以比賽項目由你們決定。」

「能不能讓我們商量……」

「我們賭了！」

「咦？」

上面三句話的說話者，分別是我、四姊、五姊，果然做事不經大腦的四姊，連想都沒想就決定了。

我噗哧一聲笑了出來，真不愧是我家四姊吶，每次拖弟妹下水，連一點猶豫都沒有。

「我們賭了。」我說。

元希學姊滿意地點頭，文雅地說：「那我要提出一個附帶條件，因為我給你們一個恩惠，所以你們要回報我，這個條件沒答應，那剛剛和議就都不必再談了。」

「什麼條件……」我有點不安。

「李狂龍要成為我的乾弟弟，就這樣。」

元希學姊輕描淡寫的一句話剛說完，大概只過了零點幾秒，三個聲響旋即竄入我的耳朵。

「不要！」

「不准！」

砰！

我的大腦自動分析，前兩句話是四姊和五姊說的，至於不知何物的碰撞聲響是來自三姊房內，她們好激動，又不是要她們當乾妹妹，真是怪異，無法理解。

「你考慮吧，自古以來，宣戰要付出代價，停戰也要付出代價。」坐在我對面的戀鬥社社長高深莫測。

「我不懂，為什麼要我當妳的乾弟。」

「兩個原因。」元希學姊豎起兩根手指，「我沒有弟弟，然後有個弟弟感覺很好玩。」

「是嗎……」

「對。」

「如果我們贏，能夠解除我與妳的所有關係嗎？」我挑釁地看著比我大一歲的學姊。

只見她自信地輕笑道：「沒問題的。」

「那我知道了……乾姊。」

我垂下頭，無念無想。

今天好漫長。

好好一個美妙的假日從地獄變成……嗯，煉獄。

從早上進擊的四姊開始，到中午元希學姊上門拜訪，最後下午我在三姊的房間內，面對三位姊姊的滔天怒火。

五姊噘起嘴，雙手握拳，過度端正地坐在三姊的書桌前。

四姊雙手抱胸，用看一條蛆的眼神瞪我，搞得我身體都在發癢。

三姊躺在床上，故意翻身用屁股面對我裝睡，但實際上她絕對沒睡，我光是看到被推倒的衣櫃和扔滿地的書本就知道……三姊處於暴怒當中，根本不可能睡著，況且現在才下午三點半，而她也沒有午睡習慣。

「妳們聽我解釋吧。」

我苦著一張臉，實在很怕等等大姊回家，弟弟批鬥大會又要展開。

會答應元希學姊的古怪要求，其實原因非常簡單，我們和戀鬥社的紛爭越早結束越好，畢竟兩位姊姊都要高三畢業了，認真讀書才是她們該做的事，如果雙方繼續僵持下去，五姊成天提心吊膽、四姊每天草木皆兵，她們原本快樂的高中生活會毀於一旦。

姊姊們本來就該整天高高興興或瘋瘋癲顛的才對啊。

所以，假如繼續糾結在條件的問題，兩邊永遠不會有任何共識。

大姊說過，學校的事要在學校解決。

縱使我用跳河的苦肉計讓校內輿論轉向針對元希學姊，但是人都非常健忘，時間一拉長就會慢慢淡化，到時候各種陰招又會傷害四姊和五姊，而我卻無計可施。

再來，可能是獨生女的關係，元希學姊想要一個弟弟來玩，剛好我又是全世界最專業的弟弟，我沒有道理不答應她的條件。就算真的有什麼麻煩，至少也只會發生在我身上，和姊姊沒有關係。

「以上，就是我答應元希學姊的原因。」我已經解釋到就算是小貓小狗都會被我說服的程度，再加上我使出弟弟專用的可憐語氣和水汪汪大眼，相信最少能攻陷四姊和五姊。

「是因為她漂亮對不對！你這條下流無恥噁心糜爛的好色爛蟲！」

「龍龍……不要我了……一定是我不夠好……怎麼辦？我對不起所有人……」

原來四姊和五姊根本沒在聽我解釋。

「不是妳們想的那樣，先別說我們贏就能夠解除，反正乾弟只是個稱謂，她是高高在上的聖德國王，我只不過是玩具而已，她玩膩就會恢復正常了啦。」我雙手一攤，再次說明我的想法。

「你喜歡長頭髮的女生對不對，所以才會一看到白元希就失了魂！好變態的癖好，我快要吐了！」

「我現在改進還有機會嗎……龍龍要是真的不要我……那、那我該怎麼辦……我已經不能當姊姊了嗎……」

我要吐血了，誰能聽聽我說話啊啊啊啊啊！

現在只有以理智聰慧著稱的三姊能夠懂我，並且能夠安撫自己的兩位妹妹了。

「三姊救命吶！」我試圖抓住救命的稻草。

三姊只是重重哼一聲，把棉被拉緊，繼續她的裝睡大業。

「四姊和五姊也就算了，妳這樣對我，沒有道理吧。」我雙手抱頭，對三姊說話。

「……」三姊。

「從小到大，我有什麼困難就找妳幫忙，不是嗎？妳向來都是站在我這邊的啊。」

我幽幽地說。

「……」三姊。

「既然妳們都不同意，那我明天去聯絡元希學姊，就當做沒這回事吧，我先離開了。」我打開房門，垂頭喪氣。

「……等等。」三姊掀開棉被，坐在床邊，雙腿緊閉，為難地說：「我知道弟弟的想法，在理智上我是認同你，但是身為你的姊姊，怎麼樣都不能接受你成為白元希的乾弟。」

「對！」

「沒錯！」

四姊和五姊紛紛表示同意。

「那我去拒絕吧。」我很無奈，但又有一股很奇怪的情緒堵在我的胸口。

「運動會還有多久？」三姊忽然岔開話題。

五姊困惑地說：「一個月左右。」

「唉……算了，白元希太難纏太麻煩，就再忍一個月，現在我們應該制定一套必勝的戰術，徹徹底底和戀鬥社斷絕關係，以除後患。」三姊緩緩戴上眼鏡，恢復原本的冷靜，「不能讓弟弟白白被吃豆腐，所以妳們要努力。」

「怎麼可以……」五姊低聲埋怨。

「難道還不懂嗎？弟弟是怕妳們再被找麻煩，所以才答應她的要求。」三姊說話略顯虛弱，可是內容卻很有力，「我也很不高興，但冷靜想想，弟弟只要不斷搪塞白元希，就能夠為我們爭取時間，想出兩種必勝的項目。」

「我可以參加跑步。」我舉手。

「跳高。」四姊也舉手。

五姊跪倒在地上，喃喃地說：「我……那我……我只會做家事啊……怎麼辦……」

「別擔心，我會想出辦法，從白元希手中救回弟弟。」三姊的雙眸內，原本的怒火轉化成某種驚人的光芒。

不知道為何，我覺得我們會贏。

我相信三姊。

這是一條寬敞的行人道，左右兩邊都是百貨公司，彎曲的路線方向不定，有時搭手扶梯上天橋、有時斜坡走進地下道，不變的是路旁的景致，光鮮亮麗的櫥窗賣的都是高檔精品，我們從一間百貨公司穿到另一間百貨公司，卻始終沒有讓她看上眼的東西。

「對你而言，姊姊是怎樣的存在？」她問。

我沉默，思考。

預計的病假還有三天，原本我是不應該拋頭露面的，可是元希學姊一早就跑來我家，說自己要行使姊姊的權力，用「不答應我，我就不走」的強硬氣勢將我從棉被裡拖出來，漫步在這條百貨公司街。

和我並肩走在人行道上的學姊又說：「我沒有兄弟姊妹，爸媽也忙於事業，我最常接觸的就是保母和保鏢，所以非常好奇……」

「這很難回答。」

「可是我想知道。」

「學姊，我們還是好好逛街購物吧，妳不是要我幫忙嗎？」

「如果只是要提東西，我就不會拒絕保母跟來了。」

「那我該做什麼……」

「首先，回答我的問題。」

真是窮追不捨，我苦笑道：「姊姊就像水吧，無所不在。」

「沒有會死？」元希學姊給我一個雍容的笑。

「是啊，沒有會死。」不知不覺，我複誦她說的話。

她在某名牌男裝店前突然停下腳步，捏捏我的手臂，假裝生氣地說：「不要再叫我元希學姊或是學姊了，叫我『姊姊』就好。」

「……為什麼？」

我無法理解元希學姊的要求，畢竟我們沒有血緣關係，這樣真的很怪。

「錯！你剛剛在心裡又叫我元希學姊對不對？」

哇靠，她是有讀心術嗎？

「對，我有讀心術。」

「……怎、怎麼可能？」

「呵呵，厲害吧，你完全在我的掌握之中嘛。」她牽起我的手，走進男裝店，「我知道要你馬上改口很難，但是最少要叫我元希，後面不准加任何稱謂。」

「好。」我沒有在稱呼上多作無謂的爭論，元希要我叫她元希，那就元希吧，對我而言沒有絲毫影響，她不要說我不尊重學姊就好。

「你的任務開始了，下禮拜我表哥二十歲生日，有一場生日派對，所以我想送他生日禮物，你就用男生的眼光替我判斷吧，可以嗎？」

「可以。」

我暗暗鬆了一口氣，原來只不過是要我出意見參考，說真的，這已經可以列入我的特殊專長了啊，和那麼多姊姊逛過商場，每次買衣服、買飾品都要問我好不好看，如果我說不好，購物時間便加倍延長；如果說好，就批評我在敷衍。

於是，我為因應這種情況，早就練就出一套公式。

當姊姊們拿出第一件衣物或是裝飾品，隨便，都一樣，要先打三次槍，「普通」、「還好」、「不怎麼樣」，等到她們拿出第四件，就說「這不錯喔」、「滿襯妳的膚色」之類的鬼話。

為什麼要這麼無聊呢？因為她們會誤以為你是真的在認真給意見。

再來，換購買下一件物品，就要打槍四次，來顯現你更加認真。

最後，再打槍下去，她們會認為你在找碴，所以最後一件物品，直接讚美就對了，「喔喔，好棒」、「早就該買了啊」、「妳的眼光好準」，然後開始依上述步驟循環。

科科，我看著元希拿起上萬元的麂皮外套——

「這件太老氣。」

任務正式開始，我開始跟在她屁股後面，用我的公式應對，一切順利平穩，沒有任何意外發生，只不過她買下的物品都讓我瞠目結舌，像剛剛那雙灰色的襪子，賣三千元臺幣，拜託，襪子就襪子，三千元的襪子難道是能飛天嗎？

元希拿信用卡到處刷，眼皮連眨都沒眨，和我的認知完全是兩個不同的世界。

李家弟妹都知道，大姊非常有錢，並且養整個家還綽綽有餘，但那畢竟是她努力賺來的，所以她買跑車之類的奢侈品沒人有意見，不過假如我買一雙三千元的襪子，大概連五姊那關都過不了，會被念兩個月以上。

搜刮了四、五間男裝精品店，我手上已經掛滿十幾個紙袋，用最粗淺的心算估計，這些東西起碼也接近五萬元，只不過是生日禮物，有需要花這麼多錢嗎？我不能理解有錢人家的想法。

元希用滿意的眼神打量我手上的紙袋，緩緩地點點頭，然後走進去專賣女裝的店面……該不會她還有表姊或表妹也剛好生日吧，我不動聲色地在心中哀號，原先預計的三小時逛街時間應該破功了。

再來，她都沒有問我意見，這也在我的預料之中，女生購物最主要還是滿足自己的挑選慾望，所以一開始會問這件好不好看，但是逛到後來，進入身心合一的境界時，她們就不會理會外在的言語，自成一個世界。

我樂得輕鬆，連口水都省下。

元希拿了兩、三件小禮服進去試穿，留我一個人在試衣間的門外，感覺有幾分尷尬，周圍全都是年輕女性，我顯得格格不入，所以低下頭不敢亂看。

「弟，東西放下。」

我聽從指令將十幾個紙袋放在牆邊。

忽然，試衣間的門打開，從門縫中伸出一隻手將我拉進去。

「幹、幹麼？」狹小的空間讓我非常緊張。

元希雙手托起胸前的衣料，困擾地皺起眉頭，轉一圈背對我，「後面的拉鍊替我拉上。」

我吞下一口口水，這件白色的小禮服非常「厲害」，拉鍊貫穿整個背部，直到臀溝為止，元希的皮膚水嫩，讓我不自覺想用手指戳戳看，等一下，她是不是沒穿……我抬頭看見一套紫色的內衣褲。

立刻後退一步，我尷尬到不知該怎麼辦。

「弟，怎麼了？」元希稍稍轉身問我，這角度剛好讓我看見她胸側的嫩肉，

「喔，原來如此，這你別太介意，貼身的小禮服是不能穿這種內衣褲的，會有痕跡。」

我尷尬地笑道：「我還是出去吧。」

「我又沒讓你看見什麼見不得人的部位，你在害羞什麼呢？」元希不解我的反應。

老實說，對一位正值青春期的少年來說，若隱若現的畫面才是真的會出人命啊！

「這樣不好，妳、妳還是請櫃姊……」

「妳難道會對姊姊產生慾望嗎……這倒有趣，看來這件衣服效果相當卓越，那我買下了。」

「現在不是考慮買不買的時刻吧……我、我真的……」

「剛剛才說，姊姊對你而言像是水，極為普通的存在，結果現在……呵呵，口是心非，難道你在洗澡的時候會對水有反應嗎？騙子。」元希的眼波流動著狡黠。

「情況不一樣，不能、不能相提並論……」

「不一樣？哪裡呢？」元希整個人靠在我身上，抬起頭，溼潤的嘴脣緩緩吐出溫熱的氣息，「香玲和金玲會這樣對你嗎……會嗎？」

我全身僵硬，突然瞭解了——我是老鼠，她是貓啊。

「就這樣，替我拉上拉鍊。」元希更用力朝我懷裡擠來，讓我的雙手能繞到她背後，「弟，姊姊拜託你了，可以嗎？」

軟綿綿的語氣，讓我的四肢酥麻，拉上拉鍊的手都在輕抖。

「好色的弟弟，我就說你是個變態啊……不是嗎？」

「不是……我不是……這不一樣……」

「難道我不可以嗎？其他的女人都不可以嗎？」

「不，不是，真的不一樣……」

「不一樣？那我們更進一步試試看？反正你對親姊姊……也是這樣吧。」

「……」

「一定是香玲，是不是？」

「我沒有！」

胸腔內一股怒意陡然而生。

她碰觸到我的底線，在我堅定否認的同時，一把推開她，非常不客氣地說：「我不想再聽到這種汙辱我姊姊的話，要不然妳就自己玩，我不奉陪了！」

說完，我直接開門走出去，非常想要立刻搭公車回家，但是低頭看見牆邊十幾包大大小小的紙袋，她應該是提不動，又再想到如果翻臉，那之前雙方的約定將統統泡湯，四姊和五姊想退社的願望恐怕遙遙無期。

沒多久，元希便怒氣沖沖地出來，身上的衣服沒換，直接穿去刷卡結帳，然後踏著比平時重上許多的步伐經過我身邊。

「我要回家了。」

憤憤地扔下這句話，她往我的口袋塞進一團不明物體，就推開玻璃門朝店外走去，完全不管價值幾萬的禮物和我。

「這脾氣也太大了吧！」我趕緊提起一堆紙袋往外衝去。

元希雙手貼在大腿邊，身體緊繃，但是步頻非常快，我跟在她後方，也不願意開口說話，面對鬧脾氣的姊姊有兩種處理方式，第一種是就算沒錯也要認錯，第二種是和她一起鬧，臉要比她更臭。

我選第二種。

所以直到我們走至百貨公司街外都沒人說話，參加一場誰先用臉將對方臭死就算贏的比賽。

在大馬路邊，她突然停下腳步，然後回頭狠狠瞪我一眼。

下一秒鐘，一輛高級進口房車停在她面前。

元希沒等司機下車服務，自己就猛力拉開車門坐進去。

再下一秒，眼前的車揚長而去，將我留在人來人往的馬路邊丈二金剛摸不著頭緒。

「啊她的禮物怎麼辦？」我仰天，無聲地咆哮：「該不會要我送到她家吧！」

一股無力又挫折的茫然襲來，有種天地雖大卻無我容身之處的感嘆浮上心頭，感嘆到一半，手機響起，我不管三七二十一，直接將手提袋扔在柏油路邊，慢慢地拿出手機。

是一封訊息——

這是我第一次送自己弟弟禮物，剛剛在試衣間的事……抱歉。

姊姊

我更茫然了，真的。

要怎麼把十幾個紙袋藏好，等上學之後原封不動拿去還給元希，這是我當下最深奧的難題。

我在回家之前，先去購買黑色的大垃圾袋，然後扔掉所有紙袋，將內容物統統倒進垃圾袋偽裝成垃圾，若無其事地吹著口哨回家，開門、脫鞋、放鑰匙……很好，沒有半個姊姊在客廳。

走進房間，運氣非常好，連五姊都不在，我趕緊把垃圾袋塞進床底。

「龍龍！」

宛若忍者的五姊出現在我背後，還將房門鎖上。

難道是被發現了？

五姊抿起脣、皺皺鼻子，露出欲言又止的可憐模樣。

我坦然地與她對視，以不變應萬變。

身穿熊貓圖案的居家服，五姊難過地扭動身體，最後幽幽地問：「我是不是一個沒用的人呢……」

「不是，五姊是全世界最有用的人。」對我而言，這是真話。

「龍龍又再騙人了……」

「我沒有。」

「那你回答我，我有什麼專長呢？」

這個剎那，面對這個問題，我絕對不能有哪怕多吸一口氣的猶豫，然而五姊的專長，我一時間又想不出來，大姊、二姊、三姊、四姊我都能瞬間說出答案，可是五姊……

「我果然是廢物……」五姊雙手掩面。

「五姊很會做家事啊。」

「這才不是專長，隨便一個女傭都比我好。」

「五姊很會讀書啊。」

「哪個學生不會讀書？而且你一說到讀書……我就、我就更難過……」

「為、為什麼？」我不懂，五姊讀書非常努力，非常有機會考上第一志願的大學欸。

五姊捏捏自己的衣襬，囁嚅地問：「我可以躺在龍龍的大腿嗎？」

「膝枕？」

「嗯。」

我立刻在床上跪好，慶幸自己藏在床底的垃圾沒有被發現，可以省掉一場家庭革命。

五姊憂鬱的情緒終於好一點，還算欣喜地躺在床邊，頭枕在我的大腿上，緩緩地說：「你知道，我問四姊，我的專長是什麼……龍龍知道她怎麼回答嗎？」

「……不知道。」原來是四姊闖禍。

「她居然說是胸部！這根本是人身攻擊嘛！」五姊嗔道。

「但五姊的胸部是真的很漂亮啊。」我面無表情，輕輕梳著她的髮絲。

「可是、可是我真的很討厭……好像我什麼都不會，是一個很沒用的人。」五姊這番話要是給大姊和四姊聽到，大概會氣到腦溢血吧。

「別胡思亂想。」

「其實我很笨，一樣的課程，三姊只要花一個小時就會讀通，可是我卻要五個小時……不過、不過我還是很認真的去讀，我對自己發過誓，絕對不能讓其他人說我胸大無腦。」

「我知道。」我用指腹來回輕撫五姊的臉頰。

「然而現在出了大問題……運動會，我不知道該參加什麼項目。」

「……嗯，有問過三姊嗎？」

「她也很苦惱，我是不是給你們添麻煩了呢？」

我捏捏五姊的鼻子，認真地說：「不要讓我聽到妳說這種話。」

「喔，龍龍好凶……」五姊調整一個更舒適的姿勢，怨懟道：「我記得小時候，你都說要娶我當老婆欸。」

「什麼時候……」

「我三歲、你兩歲的時候。」

「妳確定這不是某種妄想嗎？」

「龍龍該不會想反悔吧？」

「……」

「我常常在想，要是爸爸回家，能坦白告訴我們姊弟之間到底有沒有血緣關係，我就不用每天、每天……幻想了。」

「不是只有大姊能聯絡他嗎？聽說出家當和尚了，對吧？」

「我不知道……畢竟我們家爸爸不是個很正常的人呢。」

「是啊。」我笑了出來。

「到底什麼時候，我們一家才能夠團圓呀，要是二姊能回家就好了，我們就不用參加什麼運動會、跟戀鬥社吵到不可開交，離白元希遠遠的……咦？對了！」五姊焦急地抬頭看我，「龍龍今天不是跟她出門嗎？她有沒有對你怎樣？」

將她的頭壓回我的大腿，我就知道該來的總是躲不過吶。

「我們只是去逛街買點東西，就這樣。」我聳聳肩。

「好好喔……」五姊羨慕地說。

「拜託，我們兩個禮拜前不是才逛過，妳買了不少衣服啊。」

「我知道，可是、可是我還是很嫉妒啊。」

「……好吧。」

「除了買東西，沒去什麼地方嗎？四姊說有一種地方叫做汽車旅館，非常危險欸！」

「絕對沒有，以後不要再讓四姊汙染妳了。」

「反正，你不要再接近白元希，我的直覺很準，她是一個很邪惡的女生，邪惡到我直視她的雙眼，就覺得渾身不對勁的程度。」

「好，我知道。」

「你還是趕快替我想想運動會有什麼是我必勝的項目吧，這很急呀。」

「其實，五姊，妳就算輸也沒關係，我和四姊贏就好。」

「不行、不行，我一定要靠自己。」

「那我們去和三姊討論看看吧，她那麼聰明，一定會有辦法。」

「也是，我再去問問。」五姊離開我的大腿，嘿咻一聲坐在床邊，「謝謝大腿，很好躺。」

「下次再來啊。」

五姊雙手按在我有點痠麻的大腿上，原本還甜甜笑著，忽然臉色一變，「謝謝……咦？龍龍的褲子裡是什麼東西，怎麼鼓起來了？」

褲子？鼓起來？我低頭看，沒事啊。

「口袋裡是什麼？」五姊好奇地問，手伸進我的口袋內。

「是手機吧……」我說到一半，忽然想到我的手機放在胸前口袋，應該和褲子沒關係。

五姊像變魔術般摸出一團紫色的東西，我一頭霧水，但是又覺得這顏色很眼熟，這是……這該不會是……靠北！這是吧！這真的是吧！

元希的紫色三角內褲。

靠，我要崩潰了。

「龍龍！這是哪裡來的!!」

五姊尖聲大喊。

不得不說，白元希的確是個邪惡的女人啊。

這個爛攤子，我到底該怎麼收拾呢？

「五姊，妳聽我說。」我用最平穩的語氣喝止，握住五姊的雙手，「我現在要告訴妳一個深埋在心底許久的灰暗祕密。」

五姊一愣，傻乎乎地點頭。

「我去逛百貨公司的時候，走到女性內衣專櫃……五彩繽紛般的顏色迷惑了我的雙眼，導致我體內某種衝動漸漸不受控制，我不知道為什麼，腦袋裡出現了渴望的呼喚，要我去買……快點去買……五姊，我是怎麼了？」我的表情凝重又無助。

「……這、這是正常的，健康教育有上過，青春期的男孩子本來就會對異性產生慾望啊。」五姊紅著臉安慰我。

「我真的不是變態嗎？」我迷惘地看向她，彷彿厭世的精神病患。

「龍龍絕對不是變態！」

「那就太好了，不過……這個祕密可以請妳不要告訴任何人嗎？畢竟，很丟臉。」

「我知道。」

身為一位專業的弟弟，要是不懂如何將危機化為轉機的話，那我這十七年豈不是白活了，元希用這種小花招想破壞我們內部的團結，卻沒想過我這輩子被四姊栽贓無數次，早就應對自如，任強敵千萬，我張嘴一吹，瞬間灰飛煙滅吶……

我正得意之際，五姊卻打開自己的衣櫃，苦惱了幾分鐘，最後終於挑出兩塊三角形的布料。

一件是粉紅點點的內褲。

一件是藍色條紋的內褲。

我額間滑落又粗又黑的三條線，心中冒出不妙的預感……

「龍龍，這些、這些是我最喜歡的……先給你用一陣子，這樣你就不用在外頭買了，以後你看上的款式告訴我，我去替你買。」

沒想到，對五姊來說，我已經成為喜愛收藏女性內褲的男人了。原來啞巴吃黃蓮是這種感覺，我說要與不要都不行啊。

我伸手接過粉紅色點點那件，整張臉像吃到大便，還要勉強笑道：「這樣就好了……謝謝五姊。」

「嗯，下次再產生什麼衝動，一定要讓我知道喔。」

「是……是的……」

白元希，我恨妳。

假期結束，我的手裝上假石膏、頭綁假繃帶，一副傷癒復出的模樣走進教室，不少同學同情地問候我，讓我既感謝又慚愧，感謝他們的關懷，慚愧自己欺騙他們。

上了一整天的課，再也沒有任何人找我麻煩，校園似乎回復到原本的平靜，一切和之前沒有差別，唯一被影響最深的人大概就是崔墨花，聽說她的粉絲團被退掉了大半的讚，形象似乎一落千丈。

校方對我睜一隻眼、閉一隻眼，除了班導曾來慰問我以外，再沒有任何一位教職員找我去說話。

表面上大姊不願意去追究，學校也希望息事寧人，於是都很有默契地當作跳河的事件沒發生過。

久違的校園生活很平靜，大家都在努力準備校慶的事務，我因為手斷掉所以高掛免戰牌，什麼任務都沒有樂得輕鬆，不過在輕鬆之餘的中餐時間，元希託人送來一份聽說要六百多塊的日式壽司便當，讓五姊又陷入哀怨的狀態。

我今早才提垃圾袋去高三的教室將禮物還她，沒想到中午又來。

漸漸的，班上同學看我的眼神越來越怪，似乎搞不懂我和元希的關係，還有傳聞前陣子她這樣修理我，只不過是一種傲嬌的表現，也有人說我是個M，最喜歡被欺負的感覺，所以我們其實在自導自演。

什麼傳聞都不重要，我沒有多花力氣去解釋，反正我和元希的關係本來就很難在一時之間講清楚。

運動會已經近在眼前，我們每天都在進行祕密特訓，目標是拿到兩勝，所以一放學吃完晚餐，就到三姊的房間報到。

不得不佩服三姊。

她跟大姊請款，網路購買跑步機擺在房內，同時改造自己的床，加裝彈簧床墊和兩支支架以及橫桿，讓四姊可以訓練跳高，我就在旁邊練跑。

三姊像個教練般不斷給我們建議，其實她也不懂體育，只不過透過閱讀融會貫通之後才教我們，包括訓練方式、田徑的運動規則，再經過測試，三姊確定要我參加男子八百公尺賽跑、四姊參加女子跳高，至於五姊嘛……

「三姊，我該怎麼辦？」五姊頹廢地蹲在牆角，手指不停在地板畫圈圈。

這個問題很不容易，三姊也困擾地坐在椅子，翻閱手中的資料，她身後書桌上還有好幾本。

「五妹……這個嘛……唉，我看妳測試出來的數據，不管是跑、跳、舉、投、搬，統統遠低於臺灣高中生的平均值，所以我還要再思考一下。」

「對、對不起……」

「不要道歉，每個人都有擅長和不擅長的，又不是每個人都能像大姊一樣天生怪力，參加女子鉛球和女子鐵餅都破聖德高中的紀錄。」

原來怪物小時候也是怪物，我繼續在跑步機上訓練，每跑八百公尺休息，並且登記時間，看有沒有持續進步。

四姊宛若跳蚤上身，調整姿勢和步伐，成績慢慢在進步，倒是五姊越來越失落了……

「有了！」三姊雙手合起資料，摘掉半框的眼鏡，整個人精神奕奕，和原本體弱多病的模樣完全不同，「我終於想到五妹可以參加的項目。」

「什麼？」四姊。

「啥？」我。

「嗚嗚嗚嗚……」五姊。

「馬上開始特訓吧，妳現在要做的事，就是學會怎麼『干擾』別人，還有跟妳們班上這位叫……嗯……」三姊轉過椅子，翻閱其中一本資料，「叫倩兒，沒錯，馬上跟她聯絡。」

「是的。」五姊擦擦喜極而泣的眼淚，沒有問任何問題，馬上按三姊的指示去做。團結一致的李家眾志成城，這是我第一次認為我們絕對會贏，信心暴漲到無以復加的程度，我們加緊訓練，直到全身虛脫無力為止，沒有理由輸給戀鬥社。

突然間，白元希似乎也不是那麼可怕了。

我雙腳奔馳，看著四姊一次又一次小跑步、跳躍、勾到橫桿、失敗、躺在床上、爬起來，再開始一次循環，持續到成功為止，然後再調高一次高度，在挑高三公尺，十五坪左右的房間揮灑汗水，我們各自努力卻一體同心，直到……

「我買晚餐回來了喔，大家來吃吧。」房門外的大姊呼喚。

「我來了～～」四姊已經消失在我眼前。

果然還是敵不過晚餐嘛。

看著還有六百公尺左右的路程，我邊跑邊埋怨。

瓶頸，好可怕。

它會使原本信心十足的人，忽然變成自怨自艾的失敗者。

畢竟我們不是專業的運動員，起初訓練，成績很容易進步，看著我的秒數一直減少，成就感不斷湧出，四姊也一樣，越跳越高，可是從三天前，我們就再沒任何進展。

三姊已經用盡手邊所有資源幫忙，包括從食物著手，調整我和四姊的體重，以求最佳的狀態，但是成果依舊不明顯。

倒是五姊的近況絕佳，她在一天之內就和倩兒學姊談妥，辦理好所有手續，正式參加聖德高中的運動會，並且開始練習。

「加油，只剩兩天了。」三姊坐在自製的教練席，手上握筆書寫筆記，「四妹最後抬腳的姿勢還是不夠精確，等等來看影片檢討，至於弟弟這趟跑完，離開房間到樓下去跑，路線我已經設定好了，剛好是八百公尺。」

沒被叫到的五姊漫不經心地走到跑步機旁，幾乎沒有動作，但是我卻感到一股推力，害我差點摔倒。

「很好，利用角度掩護，我完全看不清楚。」三姊拍拍手鼓勵五姊。

到現在我還是如墜五里迷霧之中，搞不懂五姊要參加什麼項目，進行的訓練到底有何意義，她只是不停用很不起眼的動作「干擾」我和四姊，整個就是莫名其妙，而且三姊居然還很高興。

這是什麼妖術？

我才剛爬回跑步機，五姊已經偷偷站在四姊身後，用天真無邪、人畜無害的善良表情，在四姊起跳之前，用手指一勾，讓她雙胞胎姊姊的小短褲脫到大腿，引起一聲刺耳的尖叫。

「動作不夠隱密，再練練。」三姊搖頭。

五姊嘆口氣，打開門離開，看起來是要去「干擾」大姊，真是殘忍的訓練，我為她捏一把冷汗。

四姊哀怨地穿好褲子，忽然整個人一凝，靈魂出竅了幾秒，最後爆開一個興奮的笑容。

「我想到大幅提高成績的祕技了！」

「喔？」

這句話同時引起我和三姊的注意力。

「這個大絕招，我和弟弟都可以用，一定會贏過戀鬥社！我保證！」四姊高興到脫掉褲子，很像神經病。

我和三姊就這樣眼睜睜看著四姊把短褲扔掉，屁股只剩一件很緊的黑色內褲遮掩，然後她又把上衣脫掉，讓自己呈現八分裸的狀態，運動令四姊的肌膚浮起一片紅暈，一粒粒汗珠從肩膀滑落到背。

「你們都沒想到這招吧，只要身體負載的重量越輕，就會跳得更高、跑得更快。」

「「……」」

我和三姊同時表示。

「所以說，我只要脫光光，就等於是達到最佳狀態喔！」

「這太扯了吧……」我脫口而出。

「拜託，笨蟲弟弟聽好，這是基本邏輯吧，你背越多東西就會跑越慢啊。」四姊說的聽似很有道理，還用「沒想到真的是笨蛋啊」的眼神看我。

沒錯，四姊舉的例子很有說服力，用火車來講，連結越多的車廂，火車頭就會越吃力，我就是火車頭，身上的衣服就是車廂，所以我們只要赤裸，就能夠發揮百分之百的力量。

太好了！

……可是我的腦袋還很清醒。

「四姊，抱歉，我剛剛有試圖進入妳的思維，但是被拒絕了。」我接過三姊遞來的筆記本，捲成長條狀，走到四姊面前。

「等等！先別打我！」四姊挺起胸，居然知道我要讓她恢復正常，「讓我先跳一次看看，要是沒進步，我就乖乖被打。」

「好的。」我後退幾步，讓出空間。

四姊就定位，呼吸吐氣呼吸吐氣，小小的胸部在起伏之間毫無波動，但是那堅毅的神情令我動容，她是真的相信自己能夠突破原先的瓶頸！

她起跑。

起跳。

人摔在彈簧床。

橫桿也摔在地板。

「等等！」四姊舉起手阻止我，義憤填膺地說：「一定是這件胸罩在作怪，再給我一次機會。」

「我覺得和內衣沒關係。」我說，已經握緊剛剛捲好的紙棍。

「不，你看人猿泰山如此輕盈，就是因為他沒穿胸罩……」

啪、啪、啪，我迅速朝四姊頭頂送出三下。

「嗚嗚嗚……你這以下犯上的混帳東西……居然敢打我，我要、我要告訴大姊……」四姊委屈地雙手按在頭頂泣訴。

「大姊要是知道妳試圖脫光光參加跳高，就不是這輕輕三下可以解決的了。」我語重心長。

「我又痛又累，就算想出的方法特別一點，但也是為了贏啊……」四姊可憐兮兮地瞪我一眼。

「……」我有點愧疚地嘆口氣，摸摸她的頭，「唉，四姊，還痛嗎？」

「很痛！」

「抱歉，下次我會用比較溫和的方式讓妳恢復神智。」

「不可以打我喔……」

「我知道。」

正當我們進入姊弟情深模式、難得散發出親情溫馨的氛圍時，五姊不知道什麼時候站到了我身後，脫掉我的運動長褲，然後當四姊的視線剛好看到我的重要部位，五姊又脫掉她的胸罩。

「聲東擊西，厲害……」三姊由衷讚嘆。

我和四姊一個半裸、一個九成裸，正值我們兵荒馬亂之際，五姊又無聲無息地離開房間。

「是在訓練忍者嗎？太離譜了啊啊啊啊啊！」

只差四十八小時，今天毫無進展，很糟糕。

三姊在跑步機上頂多是訓練體力，如果要贏，一定要在比賽場地跑。

這道理很簡單，玩射擊遊戲的分數不管多少、不管一場能殺幾隻怪，實際上握滑鼠跟握槍完全是兩碼子事，於是三姊要我在學校操場跑，一次跑足八百公尺，休息十分鐘，再跑八百公尺。

並且在一次又一次的八百公尺當中，感受身體的極限，哪段路程需要放慢、哪段路程需要加速，透過不停的練習，讓身體牢牢記住，畢竟這只不過是班際競賽，戀鬥社內也沒有田徑高手，我其實有很高的機會能贏。

傍晚的操場，不少校外人士在這運動，有人健走順便溜狗、一群孩子到處追逐嬉戲，也有幾位老爺爺和老奶奶正在散步和閒聊。

我奔馳在跑道上，成績越來越差，這是因為體力已經耗竭，再跑下去的效果也不會太好。

正當我準備跑完最後一趟就搭公車回家——

「喂～前面的救命啊！」

聽見這聲嬌喊，我還搞不清楚狀況，一陣清風就從我的身側颳過，竟然跑得比我還快？

等我看清楚那一抹熟悉的倩影，不禁愣了愣——我不可能認錯，一定是小夢沒錯。

她超過我沒幾步就忽然間緊急煞車，害我一時停不下來，整個人和她撞成一團，狼狽的模樣連路過的老奶奶都特地停下來問我們「還好嗎」。

「有、有人在追我，真的！」小夢也不管自己還穿著制服和短裙，就呈大字型躺在PU跑道上，喘到暫時沒辦法起身。

「誰在追妳？」我問，順便把綁在脖子的毛巾取下來，蓋著她的大腿。

「我只知道是男生……其他、其他都不知道……」

「妳還好嗎？」

我皺起眉，被陌生男子跟蹤，其實是很嚴重的事欸。

「先、先給我水……」

「只有我喝過的，妳等我，我去幫……」

「不管了。」

小夢有如土匪般搶過掛在我腰間的水瓶，像是渴了三天三夜的可憐人，揚首就將水咕嚕咕嚕倒進嘴巴裡，從她嘴角溢出的透明液體，沿著下巴滴落到泛起紅色的

鎖骨，最後沾溼了她的白色制服，露出裡面的藍色內……

「變態……你在看哪？」

「對不起。」

還好我原本就跪在她身邊，所以省去下跪求饒的步驟。

「剛、剛剛你用毛巾替我遮裙子，才覺得你很紳士而已，真、真失望。」

「紳士不是變態的另一種講法嗎？」

「你不要岔開話題。」

「是，抱歉。」我乖乖脫下T恤讓小夢擋在胸前，要怪就怪這所該死的高中為什麼要將制服設計成白色的啊。

接過T恤的小夢，二話不說直接套在身上，氣呼呼地說：「現在的變態真多呢。」

「到底是哪個變態跟蹤妳？」我義憤填膺的模樣是想轉移話題。

「……」一聽我這麼說，小夢立刻抿起脣，環視整個操場，最後才心有餘悸道：「不知道，他應該跟蹤我好幾天了。」

「不報警？」現在的女生都不懂保護自己嗎？

「因為我還不能確定，只是總覺得有一道視線常常窺視我……我剛剛才從學校旁邊的書局下班，走在巷子內沒多久，就覺得有人跟蹤，所以跑到學校內，還好……遇到你。」

「持續多久？」

「兩、三天了。」

「……妳確定不是某種幻覺或妄想嗎？」

小夢馬上把空水瓶扔在我身上，氣惱地說：「女生感應這種變態一向很準好不好！就像剛剛你色色的視線不就被我抓到了！」

「……」

正所謂自作孽不可活，我居然又將話題繞回來。

「狂龍同學，別看我這樣子，我也是有很多男生追的欸。」小夢正經八百地抗議，「說不定過陣子，我就要公開宣布——徐心夢也有男朋友了！」

我雖然在笑，可是也聽得懂小夢的弦外之音，她在告訴我一個很殘酷的事實，我們之間絕對沒有任何可能，只是怕對我太狠，所以先替我心理建設，等到她真的公開男友的時候，我才不至於無法接受。

楊文泱告訴我，小夢認為我是個姊控的畫面歷歷在目，縱使我真的對五個姊姊只有敬愛之情，但是沒有人會相信我吧。

如此溫柔的打槍，小夢還是沒變，是個看見流浪狗會衝上去買東西餵的善心人士。

「走吧。」我拉起她的手。

「去、去哪？」被我一把拉起的小夢有點驚訝。

「聊聊天吧，就跟平常一樣。」

我和她漫步離開校園，並肩走在路邊，兩個人的身影在路燈的映射下，好像一對如膠似漆的情侶。

雖然我的耳朵在聽她說話，卻沒有認真在聽，和她相處的輕鬆感，一掃這幾天訓練所堆積的疲勞，所以我只是走在她旁邊，享受小夢專屬的治癒靈光，讓體力一點一滴補滿。

小夢也知道我沒認真聽，不過她還是有一搭沒一搭地說話，等待著我聽起來有點敷衍的回應。

也不知道走了多久，小夢忽然停下腳步，沒有任何表情地對我說話。

「我到家了。」

「明天早上，我來接妳？」

「不用，我媽會送我。」

她佇立在夜間的涼風中，髮絲和裙襬隨風飄逸，看似輕鬆的站姿，卻沒有給我機會，防禦得非常漂亮，除了在學校我們是好朋友，其餘時間大概就只是好同學吧。

「那我走了。」我比出一個掰掰的手勢，往來時的路走去。

「謝謝……送我回家。」她在我身後說，音量其實很小。

但我還是比出一個讚，要她不用放在心上，能送她回家的男生多的是，我只不過是運氣比較好而已。

結果沒想到剛走出她家小巷，我便立刻認不出任何路，完全陌生的街景害我無法起步，早先短短時間內，我到底是走了多遠？

難道，我迷路了嗎？

大姊，救命啊！

第五條　拯救姊姊是弟弟的天職

太快了。

四十八小時轉眼就過，昨天三姊讓我們徹底休息，所以再也沒有測過時間，不過想也知道不可能有多大的進步，練成這樣已經是極限。

還是來了。

聖德高中的運動會非常熱鬧，不少家長參與，要觀賞自己小孩的比賽，就連附近住戶都沒缺席這一年一度的盛會，所以校園內多出不少校外人士，男女老幼都有，到處走來走去。

沒想到太陽也很捧場，天空萬里無雲，耀眼的光芒平均地照射整片聖德校區。

運動會從早上十點開始，上午大多是在跑固定的流程，譬如說長官致詞、師長勉勵、運動家宣言、頒發不少校外比賽的獎項、唱校歌之類，反正沒什麼人在乎，都希望能夠快點結束。

中午過後，重頭戲來了。

大家吃飽飽，開始隨廣播移動到比賽場地，分散至體育館和游泳池兩邊，因為太陽過大，所以大會決議先進行室內的競技。

體育館排球比賽正式開打，游泳池那邊也吹起哨聲，此時我觀察到一個特殊現象，男生大部分都去看游泳比賽，女生大致上會去觀賞排球，我想一定是泳裝的效果在作祟吧，比方說雲逸這畜生還帶相機去泳池，美其名是要替同學留下紀念，但實際上長鏡頭的功能我們都知道。

一直到下午時分，陽光稍歇，操場開始匯聚觀眾，四姊參加的女子跳高比賽正式開始。

我站在觀眾之中，看著排在第三位的四姊，不免被她緊張的情緒傳染。

「緊張嗎？」熟悉的說話聲在我耳邊響起，我不用轉頭看就知道是元希。

「四姊會贏。」我說。

「不，她會輸。」元希將手上的洋傘交給我，「我們戀鬥社派出的參賽者……你也知道是誰吧，上一屆運動會的亞軍，雖然不算頂尖，但是贏李金玲綽綽有餘。」

我打開傘，自動替元希遮陽，雖然身體執行弟弟的工作，嘴巴可沒停下。

「妳根本不知道我們有多努力。」

「遊戲而已，那麼認真幹麼？」元希特意湊了過來，輕笑道：「其實你可能看不出來，因為從小到大沒兄弟姊妹陪我玩的關係，所以我超喜歡玩電動玩具，可是有些設計真的很難，要順利過關根本不可能，好討厭。」

「沒有不可能，再難的關卡都會有玩家攻陷。」我意有所指地說。

「但是不管玩多久都過不了關，是你會怎麼辦？」

「上網查攻略吧，或者是去巴哈姆特看玩家心得。」

「那樣太慢了，我會把光碟和主機狠狠砸爛，既然它不讓我快樂的玩，那它也沒有存在的必要，對吧。」

元希的口氣之陰冷，讓我在太陽底下不禁打了個冷顫，她美豔高貴的外表下到底在想什麼呢？這問題讓我不敢多想。

我突然懂了，五姊的直覺為什麼告訴她，元希是很邪惡的人。

在暴起的歡呼聲中，我一手撐傘、一手拿出手機錄影，女子跳高比賽正式開始，頭一位就是戀鬥社的代表。

看她氣定神閒，一開始就挑戰一點三五公尺，果然毫無壓力地跳過，很明顯離橫桿還有一段安全距離。

再來的選手我沒注意，我完全定睛在四姊身上，看她做熱身運動，沒有任何表情，也不知道是害怕還是自信，不過我相信三姊一定有交代，讓她按自己的預想去跳。

果然，第一次，四姊就選擇一點四公尺的高度，在裁判示意後，她開始跑動，忽然一陣風吹亂她的桃紅色髮絲，依然擋不住她高高跳起、美妙地倒在落地墊上。

裁判表示成功，是目前的最高高度。

我暗暗鬆一口氣，直到下一次，戀鬥社的選手直接跳過一點四四公尺，又開始讓我擔心。

在身邊的元希優雅地輕笑，彷彿已經勝券在握，可是當四姊跳過一點四六公尺時，她的笑容終於慢慢凝固。

很好，這代表情況對我們有利。

根據三姊和五姊收集的資料，上次運動會的冠軍是一點五公尺，我們的對手是一點四六公尺，基本上聖德高中的學生還是以讀書為主，估計一年後也不會進步多少。

可是呢……不知道是不是被刺激到，戀鬥社的選手直接選了一點五公尺，昂然地請裁判拉高橫桿。

這不是開玩笑，只要失敗三次就算淘汰，對方不慢慢升高高度，就不怕有個萬一嗎？

「我們戀鬥社要贏，就是要贏到你們無可奈何呀。」元希說出答案。

我只是靜靜地觀察周遭一切，包括觀眾的鼓譟和選手的狀態，因為剛剛高一出現了一位怪物跳過一點五六公尺，幾乎已經確定是冠軍，所以現在壓力反而不是在冠軍爭奪上，四姊的雙眸內漸漸流動著興奮。

現在，值得慶幸的是，對方第一次挑戰一點五公尺失敗，但值得警惕的是，第二次挑戰就成功了，比去年進步整整四公分，超乎三姊的預測。

這下有點麻煩了，因為四姊的某根神經可能在腦內脫落，她竟然不管戀鬥社的比賽，打算挑戰預定冠軍的高一學妹。

「一點五六公尺。」四姊朗聲，毅然決然！

我雙拳緊握。

也只能替她加油了。

她跑出一道弧線。

接著如麻雀般飛起。

額間，有一滴汗墜落在我的上衣。

只差一點點……

四姊腳抬不夠高所以失敗了，可是全場卻為她揚起掌聲。

「好險。」元希淡淡地說，異常凝重。

「再挑戰一次！」四姊不甘心地對裁判說。

沒有選手有異議。

一樣的步調、一樣的彈跳、一樣的畫面，抬腳一樣不足，整個身體已經過去，可是腳會勾到橫桿。

四姊已經到極限了，我知道；她有多想拿第一名，我也知道。

但我還是在她說出「再挑戰一次」之前，吼道：「四姊！」

她看向我，立刻明白我的意思，不過明白歸明白，四姊依然恨恨地瞪我，嘴巴碎念不停，不用聽就知道是在罵我。

如果懂得規則，就會了解我阻止四姊的原因，目前戀鬥社選手的成績是一點五公尺，而四姊登記在案的只有一點四六公尺，所以萬一用掉第三次的機會，那我們就輸給戀鬥社了。

其他選手趁此又開始跳了一輪，但是成績都離一點五公尺這道門檻太遠，不少人連三次機會都沒用完就放棄。

最後四姊休息完畢，告訴裁判要挑戰一點五四公尺，對於這個決定雖然是危險了點，但是要徹底讓戀鬥社社員放棄戰鬥，倒是不錯的選擇。

四姊開始起跑，我放鬆地看著元希，雖然眼角餘光還是對準場中，但是等等她的表情更讓我好奇。

哐。

橫桿落地的聲響傳進我的耳內。

「咦？」我輕呼。

我立刻用甩斷頭的速度看回四姊，她倒在落地墊上，表情只剩驚愕，橫桿緩緩滾向觀眾，全場鴉雀無聲。

一點五四公尺的高度居然沒過。

「這怎麼可能……」

四姊很有天分也很認真，她的瓶頸是一點五四公尺，再上去就沒辦法了，不管挑戰幾次就是沒有辦法，不過現在明明就是一點五四公尺的高度，怎麼可能會沒過？

雖然拿到第三名，四姊卻還是坐在落地墊上發呆，比賽已經結束，人潮漸漸散去，準備要去看下一個項目。

「是我們贏了。」元希的嘴角勾起一道象徵勝利的彎。

我把傘交給她，走過去將當機的四姊背起，能離元希多遠就多遠，深怕她的笑容會給四姊造成二度傷害。

剛剛第一時間和三姊通過電話，她也無法相信最後是我們落敗，所以我把拍攝的影片寄給她研究，希望等等會有一個合理的解釋，要不然四姊這痴呆的狀態恐怕還會持續下去。

「輸了就輸了，等等五姊和我贏，結果不是一樣嗎？」我安慰背上的失意者。

「為什麼我會輸呢？」四姊像突然老了三十歲，頭上那根永遠翹起的短毛竟然跟著垂下。

「三姊會給妳答案，不過我猜可能是妳連續挑戰一點五六公尺，所以雙腳沒力氣了。」

「……所以，我原來是個笨蛋嗎？」

四姊滿身是汗，將頭趴在我的肩膀，平時我很討厭姊姊們黏踢踢的時候碰我；不過現在嘛，我忽然能從後背的火燙體溫中，感受到與有榮焉的驕傲。

畢竟我們家姊姊只要認真去練，就能夠成為全校前三名欸。

「妳的確是笨蛋啊。」我笑了。

「沒想到，你居然就這樣給我認證下去！」

「沒關係，因為妳就算是笨蛋、蠢蛋、王八蛋，依舊是我最愛的姊姊啊。」

「……」

背上的四姊沒有說話，這可真難得，要是平時，被我罵笨蛋，早就咬掉我的耳垂，何況剛剛我還順便罵了王八蛋。

「你……你真的最愛我嗎？」她在我耳邊悄悄地問。

我們已經走到體育館，人流逐漸在此聚集，因為籃球比賽就要開始了，熱門運動自然吸引很多觀眾。

「喂，剛剛我的問題……有聽到嗎……」

「有喔。」

我背著四姊排隊進場。

「那……答案勒？」

「這還需要回答嗎？所有姊姊都是我的最愛啊，大姊二姊三姊四姊五姊統統都是。」

「放我下來！你這條花心臭蟲！」四姊開始扭動。

我還是緊緊抓住她的大腿，不讓她下來。

「你又不喜歡我，幹麼背我！還有，你剛剛是不是有罵我是笨蛋、蠢蛋、王八蛋？我告訴你，你、才、是!!」四姊終於恢復正常了，「放開、放開、放開我！」

「不要。」

「……什、什麼？」

「妳這麼努力練習，我什麼忙都幫不上，所以現在就讓我背妳走一段路吧。」

「才、才不要！」

「妳的腳都在發抖了，不是嗎？」

「沒有，我沒有！」

「妳騙不過我的，四姊。」

「哼！」

四姊撇過頭去，看樣子是不願意再跟我說話，我還是帶著笑意，開始沿著學生會規劃出的路線前進，運氣很好地坐到一個很靠近球場的位置，視野非常清楚。

我讓賭氣中的四姊坐在我旁邊，看了一下放在口袋的運動會流程表，還好等等是女子籃球先打，打完才換男子籃球，這樣我就可以看完全場才去參加八百公尺的比賽。

女子籃球採淘汰制，戀鬥社的選手是在三年信班，五姊的隊伍必須先晉級才會遇到，當然最佳的狀態是三年信班第一場就淘汰，我們不戰而勝。

對了，其實我到昨天才終於搞懂，為何三姊要讓五姊參加籃球隊。

「如果自己不行，那就靠隊友吧。」這是三姊的主要論點，她發現五姊班上有兩位籃球校隊級的人物，其中之一就是倩兒學姊，一米八二的巨大身材，讓她成為聖德高中的主力中鋒，光是用身高硬吃一般高中女生根本輕鬆寫意。

反正籃球是團體運動，贏了，就算全隊贏。

首場比賽在觀眾的掌聲中開打，我們唯一的敵人三年信班登場。可是沒過多久，信班對手三年孝班的候補選手卻衝上去抗議，裁判一時之間被團團圍住。

我聽不清楚他們在爭執什麼。

此時我口袋中的電話響起，是三姊的電話。

「弟弟！」

話筒另一邊傳來的急促呼喚讓我嚇一跳。

「怎麼了嗎？」

「告訴五妹，要她小心。」

「……為什麼？」

「我重複觀看過剛剛你傳來的影片，終於知道四妹跳不過一點五四公尺的原因。」

「不是因為她連續跳太多次嗎？」

「錯，是裁判偷偷將橫桿另一端的高度調成一點五六公尺啊。」

「……所以橫桿是斜的？」

「沒錯，靠近觀眾的那邊是一點五四公尺，離觀眾較遠的高度被動手腳多出兩公分。」

我轉過頭看向四妹，四妹正好疑惑地看我，我們四目相接，心裡突然有一股不捨湧出──四妹這麼努力練習跳高，卻輸在如此卑劣的手段上。

三姊繼續說：「裁判是學生會的學生，根本就是白元希的人。」

「可是體育老師也在現場。」

「畢竟這又不是多正式的比賽，體育老師在旁邊監督沒錯，但沒多認真看，更何況白元希連體育老師都收買也不是不可能……」

我不知所措看向籃球場中，低聲問：「三姊，那該麼辦？」

「再用手機錄影，你要專注，一發現他們作弊立刻大喊，利用觀眾的力量施壓。」

「我知道了。」

「弟弟，保護好你的姊姊。」

「我會。」

結束通話，場上的爭議也結束，我聽前排座位的觀眾討論，原來三年信班剛剛自稱兩名隊員感冒，所以找來兩位幫手代打，裁判也就很理所當然地接受了，就連抗議也都壓下來。

籃球原本是三姊評估最穩的項目，可是在白元希的操作下，變得勝負難料。比賽重新開始，原本五五波的比賽驟變，變成信班單方面屠殺對手，才短短第一節結束，比數就已經失去懸念，三十二比十一，代打的兩人展現出校隊級的實力。

我該說不意外嗎？

元希果然再度出手，讓高三信班順利晉級，該來的對決還是來了，五姊的班級也不負眾望晉級到四強，休息一段時間過後，我們與戀鬥社私定的比賽準備開始。

五姊以先發球員出場，看得出來暴露在這麼多觀眾前她很緊張，甚至有幾隻色鬼正在對五姊吹口哨，令我感到非常不舒服。

我讓四姊拿手機拍攝，自己就可以高舉雙手為五姊加油。她也注意到我，臉色蒼白地揮手。

「五姊加油啊！」我從座位上站起，全神貫注於場上每個角落，就怕有人會作弊。

這場籃球比賽在跳球之後開始，倩兒學姊的高度所向無敵，一開始就獲得球權打出一波流暢的進攻。

即便我對籃球還算熟，但我仍完全看不出來五姊打什麼位置，唯一的中鋒是倩兒學姊，其餘大前鋒、小前鋒、控球後衛，我大致都認得出來，只有五姊游離在體系之外，難道是三姊授意？

比數咬得很緊，高三信班除了兩位打手外，其他選手的水準都很普通，不過元希找來的打手的確可怕。

她們一個是小前鋒、一個是得分後衛，知道在倩兒學姊的手上討不了便宜，所以乾脆放棄切入禁區，在外線挑戰三分球，最多再進去一點拚中距離跳投。

戰況很激烈，觀眾看得很過癮，只不過五姊每次拿球都失誤，雖然得到不少人鼓勵，可是她臉紅到像是猴子屁股，自己都很氣惱。

好險，倩兒學姊真的是太強了，那ＯＰ的身體素質，一轉身就幹掉對方中鋒、一跳起便輕鬆挑籃得分，兩分兩分兩分兩分兩分兩分兩分兩分兩分兩分兩分……不斷洗數據。

但是，因為五姊太會扯後腿，所以分數還是很糾結，比賽準備進入尾聲。

元希要伸出魔爪就是這個時刻了，最後五分鐘的時間——

雖然倩兒學姊高中還沒畢業就已經被體育大學看上保送，但是高中生畢竟還是高中生，她一個人負責兩個人的工作，體力消耗得太快，已經看得出疲態。

連四姊的表情都非常緊張，要是這場再輸，我待會就不用跑，直接回戀鬥社報到算了，繼續當元希的乖弟弟。

「五妹，不能再保留了！」坐我隔壁的四姊突然站起來尖聲叫道。

五姊聽見，擦擦脖子的香汗，微微地點頭。

然後。

場上的情勢開始逆轉了……

「這是什麼巫術？」我喃喃道。

我沒辦法正確說出比賽有什麼明顯變化，然而信班的選手竟開始「變差」，我沒有仔細計算，但是對方的投籃命中率開始下降，失誤也變得好多，每個人都漲紅了臉，一副憋屈的模樣。

「啊……」一聲又怒又羞的尖叫響徹整間體育館，信班的其中一位打手蹲在地上，雙手緊緊抱胸。

「又怎麼了？難道是假摔？」我有點緊張。

「不是，雖然我沒看清楚，但應該是她的內衣被五妹扯掉，奶奶跑出來了。」四姊奸詐地笑。

我頓時想起五姊進行的特訓，茫然地說：「這、這樣也行……」

「犯規這種東西，只要沒被發現，就等於不存在喔。」

四姊的背後出現惡魔的倒影……喔，不對，是三姊的倒影。

短短五分鐘內，四姊說五姊大概犯了三十次規以上。被裁判逮到的只有三次，對方被偷撞、被打手、被干擾、被絆腿、被扯褲、被拽拉、被勾衣，各式各樣的犯規都來。

終於忍無可忍，信班的選手一推五姊，五姊馬上誇張地倒地，賺到一次罰球，讓對手氣到牙癢癢，卻又無可奈何。

戰況瞬間傾斜，分數開始拉開，信班的選手……不算，應該是戀鬥社的選手開始用語言攻擊五姊，可能是知道勝負已定，只好惱羞成怒，臉皮向來很薄的五姊羞愧地垂下臉不敢看對方，然後……

繼續犯規。

為了聲援五姊，我拉起四姊的手在觀眾席上聲嘶力竭地加油。

不知道是不是因為三年信班用代打被人唾棄，居然不少人一起為五姊助威，吶喊聲漸漸壓過對方的冷言冷語。

在我心中，五姊是一個直來直往的人，連打電動玩具都不願意用Bug或外掛，今天在眾目睽睽之下，拉下自尊不斷用小動作犯規，實在讓我覺得非常意外。

比賽已經在裁判的哨聲中終結，我們終於贏過戀鬥社一場，四姊放聲大笑，似乎是對自己妹妹的犯規戰術非常滿意。

我們在觀眾席上可以看見五姊對倩兒學姊鞠躬道歉，我聽不見她們的對話，可是能夠看見倩兒學姊沒有怒容，哈哈笑著抱抱五姊，最後兩人分開，五姊沒回到隊伍中，逕自離開體育館。

我和四姊追上去，在體育館外見到五姊。

「我贏了……」這是她面對我說的第一句話，表情沒有任何喜悅。

「嗯，好厲害。」我和四姊高興地笑，希望能傳染她。

「才不厲害……」

「在規則內獲勝就是獲勝啊，妳不要想太多。」四姊拍拍自己妹妹的肩。

「我認同。」我說。

「沒辦法，是我體育真的太差勁了……原本不應該用這些招數……」五姊全身僵硬，眼眶泛紅地看我，然後撲進我的懷中，「可是我不能輸，我絕對絕對絕對不能輸啊！」

「五姊，妳辛苦了。」我摸摸五姊的髮絲，不理會路人投來的訝異眼神，「就算犯規戰術違反運動家精神，姊姊就是姊姊，我永遠為妳加油。」

「……嗯。」五姊輕輕應了聲，幽幽地說：「還好有倩兒幫忙。」

說到這位倩兒學姊，我差點忘記蛇蛇便當就是她送來的，只不過元希居然沒收買她……不，不對，一定有收買，但倩兒學姊可能是對五姊感到愧疚吧，要不然這種班際比賽，沒道理校隊級的選手會這麼拚命，單場三十九分加二十一個籃板，幾乎是刷破聖德高中運動會的紀錄。

原本還想提醒五姊注意自己的朋友，現在看來是不需要了。

「那等等去替我加油吧，別難過了。」

「嗯。」

「那我先去準備……」

「再、再抱一會嘛。」

「……是的。」

看我們抱很久不放開，一旁的四姊覺得無聊，跺跺腳也和我們抱在一塊。

「說真的……妳們很臭。」我老實說。

「閉嘴！」四姊。

「才、才不臭呢……」五姊。

我們三個姊弟就這樣抱在一塊長達五分鐘，體育館門口進進出出很多學生、家長、遊客，有的人比較保守，還給我一個鄙視的眼神，不過這倒不是我不舒服的原因，真正讓我想逃的是……好熱，真的好熱啊。

四姊還好些。

五姊因為身材比較豐滿，所以我的身體像是黏上兩團又軟又暖的熱水袋。

「救、救命……」我張開嘴，但是沒發出聲音。

偉大的宇宙主宰似乎是聽見自己唯一一位信徒的懇求，我的手機正好響起，我歉然地掙脫兩位姊姊，接起三姊打來的電話。

向她報告勝利的好消息，目前的戰況是一勝一敗，於是剩下的男子八百公尺就成了勝負關鍵，三姊在電話中不斷交代注意事項，比如說要保持水分補充、熱身不能偷懶，還要注意元希是否使出什麼手段。

我赫然發覺，這根本是一場三姊對決元希的比賽。

「四妹和五妹還好嗎？」

「還好……應該還好。」

「她們接下來沒事了吧？」

「四姊沒事了，五姊的隊伍晉級，但我看她應該不會繼續參加，畢竟我們只是插花，還是不要影響到認真打籃球的人吧。」我看著五姊，她點點頭。

「那好。」三姊頓了頓，又開口道：「替我轉告，我要她們回家一趟，我相信今天運動會，老師會乾脆地放行。」

「好。」

「那你加油，八百公尺一定要贏，我在家等你們慶祝，先這樣，掰……」

「三姊，等等！」

「嗯？」

「謝謝妳。」

「……有、有什麼好謝的。」

「要不是有三姊幫忙，我們早就輸光光了吧。」

「是你們努力，跟我沒關係。」

「三姊。」

「……嗯？」三姊的語氣有些飄忽。

「下午五點，會有頒獎典禮，妳來吧，讓四姊和五姊回去接妳。」

我真的很希望三姊可以離開家，明明這段期間她比以前進步很多，雖然臉色還是很蒼白、說話還是有氣無力，但是至少比過去頹靡的模樣好多了。

「不、不了……我不適合……不適合出門……」

「我難得拿一次金牌，妳不來看嗎？」

「……金牌？」

「嗯，這次男子八百公尺，我絕對會贏。」

「……弟弟，抱歉……下次吧……」

我默默地嘆口氣，說不失望是騙人的。

難不成是我逼得太緊嗎？我突然覺得三姊彷彿又回到以前虛弱的語氣，這段時間的進步像是在我過度的催促後消失，這其中一定有什麼古怪吧。

如果要讓三姊像正常的十九歲少女出門，大概唯有破解她內心的心魔才有機會。

我忽然想起大姊曾對我說一句話——

「每個人都是自由的，所以也可以自由地選擇將自己束縛，避免外在世界任何會碰觸傷口的可能，三妹就是用這種方式養傷，等到她覺得不痛了，自然會出來。」

四姊和五姊雖然抱怨，但還是乖乖聽話回家了。

我沒有再繼續多想三姊的問題，畢竟男子八百公尺的比賽就在幾分鐘之後，在觀眾的加油聲中，我緊張到腦袋一片空白，終於能體會到五姊站在觀眾的注視中有多不好受。

連自在地挖個鼻孔都不行，唉。

因為此項目已經是運動會最後的部分，再來就是上司令臺領獎，並且統計哪個班級獲得的獎項最多，額外還有獎狀和禮品，於是我們班的同學都到操場邊替我打氣，連很賭爛我的班長都放聲大喊我的名。

戀鬥社派出的選手是二年義班的代表，待會短短的兩、三分鐘結束，就會決定我們姊弟三人的命運。

我已經站在起跑點上，全身緊繃，開始上下跳躍，試圖讓肌肉放鬆，身兼裁判的體育老師正在確認選手名單。

下午四點了，等等放學就順便拿個獎牌回家吧。我一想到大姊詫異的模樣，就不自覺微笑。

「預備。」裁判高舉信號槍。

我擺好起跑姿勢。

碰！

我飛奔出第一步。

卻被右手邊二年愛班的選手用腳絆倒。

跌了個狗吃屎，同時我立刻知道，元希已經收買二年愛班的選手來干擾我，好讓戀鬥社的代表——義班選手能順利贏過我。

「元希，妳想得太美了啊！」

我兩手一撐、雙腳一躍，如弓箭一般疾射而出。

三姊早就告訴我，在賽跑當中，唯一不會被干擾的情況就是……

一騎絕塵。

越長的距離對我越有利，但是運動會最長只有八百公尺，我無可奈何只能改變跑步方式。

因為我衝刺速度並不快，但是耐力不錯，所以三姊直接建議我，從開跑的第一秒鐘起，我便全力衝刺，一路衝刺到終點為止。

於是我立刻追上領先群，剛剛伸腳絆我的人，現在只能在後面看我屁眼，再過幾秒，他連屁眼都看不見。

戀鬥社的選手也很快，我稍稍一耽擱就落後三十公尺左右，我只能憋一口氣，進入無氧的狀態，呼吸停止，奮力加速，讓雙腿的肌肉發燙，在緊縮和釋放之間不停用最短的間距交替。

操場一圈四百公尺，在第一圈即將結束時，我便順利追上領先群，但是一張口呼吸，身形一頓，又落後戀鬥社的選手幾步。

不過沒關係，這已經在我的超車範圍之中。

剛剛那一絆，打亂了我的節奏，所以我目前保持速度，暫時穩定地在他們身後跑，等待下一個轉彎。

進入最後一圈，所有人都開始加快速度，我唯一的機會就在這個時候。

即便是領先群，一定也有人慢或快，一旦拉開選手之間的距離，對我而言等於出現很多可以穿過的縫。

然後一個一個超越。

腦袋裡浮出一條路線，宇宙主宰顯靈似的，指引我沿規劃好的光之線跑去，名次開始提升，耳朵被加油或是咒罵的吼聲和笑聲湮滅，不過我的專注力在雙腿上，即便似乎有人在喊「狂龍、狂龍」，我也沒有真正理解這是什麼意思。

風從我的領口和袖口灌入，我的運動服膨脹到看起來有幾分可笑，但是當我終於領先第一名半步時，旋即……整個操場像是被按下靜音鍵，只剩下因我而起的呼嘯風聲。

終點線，目測，還有兩百公尺，在最後的轉彎……

「狂龍！」

破音的怪叫毀掉我的專注，我轉頭一看。

一道人影穿過跑道衝來，直接用美式足球的擒抱方式將我撲倒，我們兩人滾了三、四圈才停下。

原本我領先的差距完全消失，就連後面的跑者都追上來，終點線近在眼前，只剩不到一百公尺了啊！

我要爬起來跑，但是再度被拉倒。

「狂龍！你聽我說，先別跑了！」

「是、是你？」

終於看清楚撲倒我的人是誰，竟然是我的好朋友——雲逸！

「我真的沒想到……最後是你捅我一刀。」

「不要用混濁的雙眼看我啊！醒醒！我怎麼可能真的背叛你？」

他說說就算了，非得模仿電視劇的男主角給男配角一拳，讓我滿嘴鐵味，牙齒差一點歪掉，然後想在幾百雙眼睛的注視下把他給掐死，就算造成幾百位目擊證人也沒在怕。

「你先接、先接電話……再、再掐我……」雲逸勉強吐出一句話，把手機拿到我面前。

我狐疑地接過，一隻手抓住他防止他脫逃、一隻手將手機放在耳邊。

「李狂龍，我調查過你。」很明顯對方是用變聲器講話，語調低沉得不像人，有如來自地獄的惡魔耳語。

「所以？」我很不耐煩，尤其在處決叛徒的時候。

「你在聖德高中告白的次數，統統被我完整地調查清楚，每個對象都經過我精密的分析和追蹤，大部分都不是你真正喜歡的人。」惡魔已經閒到調查我喜歡誰的程度了，難道他不覺得毀滅世界比較重要嗎？

「……嗯，說完了嗎？」我問。

「還沒，在我們團隊努力不懈地追蹤後，終於得出三位可疑的名單，你喜歡的人就在其中。」惡魔真的無聊到極點了吧，我猜。

「你是在浪費時間，因為就連我自己都不清楚自己的心意，所以……現在比賽已經結束，就別廢話了吧，我輸就輸，願意乖乖回去戀鬥社，至於我那兩個姊姊，如果她們不願意的話，請網開一面，白元希學姊。」

「不……」

「不？」我冷笑道：「妳使出這麼多賤招，甚至收買我最好的朋友，不就是為了要贏而已嗎？依妳的個性是絕對不能輸的吧。」

「你剛剛說的，只有一點對，其他統統錯。」

「……哪裡錯？」

我拉著雲逸站起來，慢慢離開PU跑道，因為所有比賽項目統統結束，學生和家長開始聚集，等著司令臺待會開始的頒獎典禮，運動會終於進入尾聲，我和雲逸站在人群之中。

用變聲器說話的元希沉默片刻，最後恢復正常的說話方式，略帶哀傷地說：「因為我沒有收買你的摯友，還有，你們姊弟也回不了戀鬥社了。」

「妳在說什麼？」我聽不懂。

雲逸的表情非常恐慌，怕的不是我的威脅，而是別的……不對，為什麼他的眼神是……難過，不、不，是同情嗎？他在同情我？他的恐慌是因為知道等等有讓我變得需要同情的事發生？

「到底是什麼事？到底是什麼？」我壓低嗓子，強按住即將沸騰的情緒。

「我剛剛請了李金玲和李香玲去吃點東西談談事情。」元希淡淡地說。

「……」我錯愕到說不出話來。

婉轉的說法是吃點東西，但實際上卻是赤裸裸的恐嚇。

「別擔心啊，只不過是吃吃飯而已，戀鬥社會負責『維護』她們的安全。」元希持續用反話要脅。

「我們之間的比賽，有必要玩成這樣嗎？」我看向雲逸，終於理解他剛剛對我的同情是怎麼回事。

「很有必要，因為我是一位敬業的遊戲者，無論如何我都要贏。」她說得理所當然。

「用外掛贏，妳也高興？」一想到四姊和五姊不知道會遭遇到怎樣的對待，我的背便開始發麻。

「贏就是贏。」

「……」我一點都不想在無聊的話題上打轉，也許我多浪費一秒時間，四姊和五姊就會多吃一秒苦頭，「妳直接說要怎樣才能放過我們吧。」

「不要把我說得像綁匪一樣呀。」就算隔著電話，我仍感受到她陰森的笑意，「依照當初的約定，我方在女子跳高和男子八百公尺競賽都獲勝，所以你們要乖乖回來戀鬥社。」

「我知道……」

「至於我們之間的約定……」

「我知道……」

「先叫我一聲姊姊來聽聽。」

「……」

「看來李香玲肚子還很餓，等等我會再替她多點五份套餐，讓她吃得非常非常飽。」

「妳要是讓我姊姊受到一丁點痛苦，我保證用整個高中生涯跟妳和戀鬥社作對。」

「叫姊姊。」

我額間的青筋整個冒出來，咬牙切齒地說：「……姊姊。」

「叫元希姊姊。」

「…………元、希、姊、姊。」

「很好，我喜歡這種愛恨交加的口氣。」

「最後你再替我辦一件事，這對不像雙胞胎的雙胞胎姊妹就可以回家了。」

「什麼事？」

「咦？為什麼……等等！為什麼她會在這？」

電話中的元希聲音在發抖，是因為興奮？還是恐懼？

我不知道。

「妳到底在說什麼？」難道是四姊和五姊出了問題？

「快去看看她到底想幹麼！沒道理……沒道理她現在出現在這！」元希沒理會我的問題，將話筒拿得很遠，但是我依舊聽到她高八度音的咆哮聲。

「究竟是出了什麼問題！喂！妳說話啊！」搞到我全身發毛。

「阻止她，一定要阻止她，不管來不來得及，馬上去阻止她啊！」她的語氣像是某種駭人怪物脫籠而出，正在眼前亂吃人。

「妳告訴我啊！我家姊姊還好嗎！喂、喂！說話！」我彷彿身歷其境，也感受到電話另一端的無限戰慄，「告訴我妳們在哪裡，快點告訴我！」

「……來不及了。」元希突然拿起電話。

「到底是怎麼了？我姊姊都沒事嗎？」

「你看看司令臺……」

我依言，緩緩抬頭。

司令臺上呈現一團亂的狀態，不少相關人員正在準備，可能還在統計各班級的得獎數量吧，反正不是重點。

真正的重點是，有一位穿著聖德高中制服的女生，她無視眾人由下而上的好奇眼神，逕自站在架好的麥克風前，看起來是準備要開口說話。

「各位午安，我是上屆畢業生，李玄玲……」

我沒看錯，那懼光的眼眸、死白的膚色、半框的眼鏡、皺巴巴的上衣、長到蓋住膝蓋的裙襬、不穩的步伐、彷彿隨時會被風吹倒的身體，還有猶如淚水般的胎記。

確實是我家三姊啊。

從那通讓四姊和五姊回家的電話之後，也只不過是短短一個半小時，這段期間究竟出現了什麼轉折？

宇宙主宰，請告訴我啊啊啊啊啊！

讓元希驚懼的三姊很虛弱，已經用盡這陣子所累積的體力，我似乎能聽見她全身上下的細胞都在哀號，祈求主人趕緊回到舒適又安逸的房間內。

但是她不為所動，外人一點都看不出她的痛苦。

「抱歉，耽誤各位一段時間，也請教官和老師讓我把話說完，畢竟事關隱藏在聖德高中的祕密，大家應該要有知道的權利。」三姊百分之百是在勉強自己，那旁人絕對聽不出來的顫聲說明了一切，「但是一旦有人搶走我手中的麥克風或是把我趕下臺，那這段祕密我永遠都不會再講。」

非常有效，這句話一說完，原本要上司令臺逮人的教官立刻被準備頒發獎狀的校長給制止，這間學校的真正統治者也很想知道自己領土的祕密。

「哈哈哈哈哈哈哈……才半個小時、才半個小時而已，李玄玲到底是怎麼察覺的？為什麼她能夠這麼快做出反應，這太過分了，真他馬的過分啊……哈哈哈哈……」電話裡頭的元希發出崩潰般的笑聲。

可是，我還是不懂，什麼都不懂，彷彿身處於巨大的黑色漩渦中，卻不懂自己為什麼一點一滴被吞噬。

「在棒球社團教室的某個置物櫃後有一道暗門，裡面有一個神祕社團叫做『戀愛奮鬥互助社』，可以幫助單戀的人圓夢，戀鬥社會用盡各種方式幫助你們追求夢中情人，反正不用錢，試試看也沒關係，歡迎各位自行入社。」

三姊說完，放下麥克風。

元希在電話內瘋狂尖叫。

原本聚集在操場上的學生，真的有不少人依言去尋找祕密社團。

校長亦下令教官馬上去棒球社團教室看看。

在日落之際，我的背上全部都是冷汗。

就算賭約輸了，我、四姊和五姊卻不必再遵守諾言。

因為，三姊毀掉了二姊所創立的戀鬥社。

追根究柢，戀鬥社之所以會有如此卓越的執行力，就是因為它是個「祕密」社團，人很少但是異常團結，一小群人朝大方向邁進，然後再滿足每個人的小目標，戀鬥社就是用互利共生的方式運轉。

但是，只要人數翻倍，甚至是翻上五倍、六倍，就會出現人多嘴雜、自私自利、多頭馬車的情況，當戀鬥社再也無法維持團結，它就會悄悄死去。

一個和尚挑水喝，兩個和尚搶水喝，三個和尚沒水喝……這個道理當真簡單到非常殘酷啊。

元希還在罵髒話跟尖叫，知道她現在已經沒辦法正常說話，我將手機掛掉放進口袋內，趕緊穿越人群到司令臺邊扶住腳步虛浮的三姊，我們姊弟慢慢走出眾人的視線，找到一個圍牆角落休息。

「三姊……妳要跑出來，為什麼不告訴我？」

「這件事一定、一定……要我親手執行……我、我有點喘。」

三姊癱軟在我懷裡，雙手握住我的手掌。

「到底怎麼了？」

「白元希……她很卑鄙，綁了四妹和五妹，不知道把她們藏到哪裡去……我打電話聯絡不到她們，就知道一定出問題了，對嗎？我的判斷有錯嗎？」

「看來是這樣子……」

比賽中途，雲逸即使用擒抱手段也要阻止我繼續跑下去，就是因為元希綁架了四姊和五姊，要是我贏了，就要對她們不利……不過，把一場私下的賭注上升到警察可以介入的程度，難道元希瘋了？

不，她沒瘋，所以她不可能真的像社會新聞中才會出現的綁匪，只要沒達到目的就心狠手辣的撕票，高中生畢竟還是高中生，我認為四姊和五姊應該是安全的。

這樣想，我有比較安心一點，不過三姊這樣刺激元希，不會有問題嗎？

「弟弟，要記住……如果我們一直被白元希牽著鼻子走，那我們就是她的玩具，再也別想……脫離、脫離她的束縛……懂嗎？」三姊的呼吸終於比較穩定，胸口也漸漸平緩。

原來如此，我點點頭，再問：「那三姊大概猜得出四姊和五姊在哪嗎？」

「我、我不知道……我一察覺到不對勁，就決定離開家門了，要是白元希對你不利……我真的不能想像……真的不能想像……」三姊凝視我的眼神非常焦慮，好像在看我的牌位。

「別緊張，我很安全。」面對三姊一副心臟病發作的樣子，我已經開始考慮要不要叫救護車了。

「聯絡老師……聯絡教官……聯絡大姊，誰都可以，反正不要聽元希的任何話、不要答應她任何請求，千萬不能跳進她的陷阱，任何事都跟她作對就行。」

「放心，我會想辦法。」我面露猶豫地試探，「不過二姊的戀鬥社……？」

「原本我還認為……戀鬥社頂多是偏激了點，但沒想到白元希真是邪惡得超乎想像……竟然敢碰我的妹妹們。」三姊很生氣，慘白的臉色漾起紅色的血氣。

我輕輕撫摸三姊的背，希望能讓她好受些。

「我要將戀鬥社掩埋於聖德高中的歷史塵埃內，才不管二姊表示什麼意見。」

「已經變質的社團，毀掉也好，況且大姊說過……」

我和三姊互看一眼，然後異口同聲地說。

「當外人打我們左臉的時候，我們有義務把他整張臉打爛。」

說完，三姊無奈地搖頭道：「我們真不愧是李家的孩子，被大姊洗腦洗得真是徹底……」

三姊再殷切地交代我一些值得注意的細節，隨後雲逸恰好找到我們，他氣喘如牛地說：「呼……終於找到你了，剛剛元希學姊恐嚇我，要是讓你抵達終點，就要對金玲學姊和香玲學姊不利啊……呼呼……要不是鑑於你們之前鬧得很僵，我真的以為是詐騙電話。」

「我知道。」

「還有，剛剛那拳真是抱歉啊。」

「沒關係。」

「話說，運動會實質上已經結束，好多人都去參觀神祕的社團了，現在一堆自稱戀鬥社的社員在找社長幫忙，追求的目標都設定為『太妍』、『郭雪芙』、『上原結衣』、『林依晨』、『大島優子』之類的人物，反正亂七八糟，頒獎典禮根本沒人看啊。」

「嗯，戀鬥社是真的結束了。」我看一眼有些怕生的三姊。

很有默契的雲逸推推眼鏡，問我：「那有需要我幫忙的地方嗎？」

「叫計程車，送我三姊回家，可以嗎？」

「沒問題。」

「交給你了，雲逸。」

「那你呢？」

讓三姊站穩後，我緩緩地放開她，面對不遠處亂成一鍋粥的操場。

「自己的姊姊，自己救啊。」

語畢，我低頭看一眼手機的時間，卻沒有想到，等待我的是一場無邊無際的惡夢，可怕到我情願當作什麼事都沒發生，祈禱自己的記憶力快點退化。

現在，下午四點五十五分。

尾聲

現在，下午七點三十六分。

中間兩個小時四十一分鐘的時間，我的腦袋裡一片空白，其中發生一件對我而言很恐怖的事，所以忘記就算了，不記得最好，反正四姊和五姊都平安無事。

彷彿有一道防護機制，避免我去回憶這段時間發生了什麼事，腦殼下一定有一根類似保險絲的裝置，讓我避免了情緒負載過重進而爆炸的慘劇發生，能夠正常地回到家。

不過最重要的是四姊和五姊，只要她們安全，其餘都沒關係，也不必再多追究了嘛。

簡單說，就是不要問，我會怕。

我拉了拉凌亂的運動服，看一眼怯生生站在身後的小夢，並且給她一個安心的表情，等等不管發生什麼事情，都由我來處理，畢竟我和她的約定，有迫切執行的必要，就算姊姊們反對，我也不管。

「糟糕，我好像有點緊張欸。」小夢用食指戳我的背。

「徐心夢不是天不怕地不怕的嗎？」我回。

「哪有，我怕老鼠啊，還是我先回家好了，反正、反正明天我們約八點。」

「別擔心。」

我拿出鑰匙，把家門打開。

原本我還以為姊姊們會出來找我，但沒想到統統在家。

空氣中飄浮著密度很高的詭譎分子，大姊坐在沙發內看電視，左右手分別搭在四姊和五姊的肩上，感覺像是母雞正在保護小雞不被老鷹叼走，而這對雙胞胎姊妹的臉有如被立可白塗滿，白得讓我覺得不對勁。

一場折磨到我差點靈魂裂解的運動會才剛剛結束，不小心閃過幾個記憶的片段讓我的頭好疼，此時千萬不要再節外生枝了啊。

「姊姊們好。」小夢尷尬地點頭。

大姊親切地笑道：「妳好，歡迎來我們家喔。」

「大姊，我有事要告訴妳。」我試探地說。

「等等吧，現在《陰屍路》正精采，一堆殭屍衝出來了。」大姊一如往常地在看美劇，表情也很自然。

不過四姊和五姊實在太怪了，彷彿根本沒看見我和小夢一般。

身為弟弟長達十七年的經驗告訴我，現在千萬不能去追究，只要當作沒看見就好。

脫下鞋子，我領著小夢往餐廳走去，裡頭沒開燈一片漆黑，三姊房間的燈光就變得很明顯，而且她又沒關門，當我們路過時自然會匆匆一瞥，居然看見三個人在裡頭對話，原來有朋友拜訪，難怪三姊沒有如適才元希所言到學校找我。

想到元希，我又皺起雙眉──快點忘記剛剛發生的一切啊！

小夢關心地問：「你還好嗎？雖然你一直說沒事，但不可能真的沒事吧。」

「沒事。」我推開自己的房門，打開燈，全身乏力地坐在五姊的椅子上。

「我在校門口遇見你之前……到底發生什麼事呢？」小夢坐在我的電腦椅，表情殷切地問：「該不會和前陣子跟蹤我的變態有關吧？」

「不清楚，那種事忘記就算了吧。」我呵呵地笑了，再次為女生驚人的第六感流下滿臉冷汗。

「喂，不要隨便勾起我的好奇心啊。」

「等我做好心理準備再說。」

「……好吧。」小夢雖然不問，但是她眼波中的擔心沒有減少，「等你想說的時候再告訴我。」

「好。」我抹抹臉，感謝她的善解人意，「想喝茶或咖啡嗎？忘記招待妳，真是抱歉。」

「不用了，我只是來替你打氣而已，所謂無功不受祿嘛。」她嫣然一笑，一如往常的可愛。

正當我準備起身招待難得的客人時，五姊與我彷彿有心電感應，端著兩杯冰紅茶和兩塊小蛋糕進來，以毫無血色的微笑招呼小夢，無論如何這笑容都非常僵硬，難道家裡又發生什麼事了？

看著五姊走出房間，我啜一口紅茶，眼淚立刻從眼尾流下來。

……我的紅茶內至少有一半是醋啊啊啊啊啊！

不過小夢很享受地喝完半杯，不好意思地說：「好高級的紅茶，狂龍的姊姊要嘛漂亮、要嘛可愛、要嘛善解人意，其實從奇怪的角度來看，我還滿嫉妒的。」

「是、是的……謝謝。」我擦擦眼淚。

「不過時間有點晚，我就先回家了。」小夢趕緊將剩餘的紅茶喝完，至於蛋糕就打算留給我吃。

「等我告訴大姊，再送妳回家。」我很堅持。

「大姊是在客廳看電視那位吧？」小夢偷偷問：「那剛剛在靠近餐廳的房間內的兩個人，也都是你的姊姊嗎？」

「等一等，兩個人？」我身形一凝，先前路過三姊房間，雖然只是匆匆一瞥，但我很確定有三個人啊。

「是啊。」

「妳在這等我一下。」

我用很平穩的腳步走出房間，一到餐廳立刻跨出奔跑的步伐，三步之內抵達三姊的房門。

畢竟整個家，除了大姊以外，每個地方似乎都透露出奇異的不尋常。單單說四姊，要是平時早就鬧翻天了，怎麼可能讓帶小夢回家的我好過。

還有，這間屋子是我從小到大的成長環境，如今這滿是壓抑和陰冷的氣息卻是我從未感受過的。

難道……該不會是？

一個轉彎，我看見三姊不發一語、表情嚴肅。

而坐在她旁邊的女生則是熱烈地對我招手。

「弟迪，我回來了！快點過來讓我抱抱，看小弟迪長大了沒！」

居然是……

「二姊。」

對，我家二姊從日本回來了，但我沒理會她性騷擾的招呼，持續用不安的眼神掃視整個房間。

「在找什麼呢？是要紀念品嗎？」二姊興高采烈地從大型行李箱中拿出三盒正版光碟，「聽說你最愛波多野嘛，所以我特地為你空運回來喔，一片是『姊弟之不可告人情事』、一片是『看見姊姊無防備的模樣，我的理智崩潰』、最後一片是『猜對姊姊身體可以得到一百萬』，我們等等要先看哪部呢？」

「妳變得更變態了啊！」

「那是你還沒看見我更變態的一面……等我。」

「妳不要拿出來啊！」

「好吧，晚點再跟你分享。」

「現在不是分享這種事的時候了！人呢？剛剛房間明明就有三個人啊！」

「喔喔，那是我朋友，弟迪別大驚小怪嘛。」

「妳朋友？在哪？」

「她比較特別一點，所以暫時消失了。」

「會暫時消失的朋友，不能說是『特別一點』而已吧!!」

「小唷明明就很可愛又很貼心。」

「不要叫她『小唷』啊啊啊啊啊啊啊！」

二姊說出這個關鍵字，代表我沒看錯，剛剛唷學姊真的追來我家了，我全身反射性地發抖，身體靠在門框上才不至於腿軟摔倒，我家有鬼、我家鬧鬼，就跟鬼片一樣，陰魂不散的女鬼已經進到我家了！

「二姊，不要嚇弟弟。」三姊無奈地說。

「妹，難道小唷不能認識弟迪嗎？全家只有我們三個看得到欸，多難得的緣分。」

「不要再說了啊啊啊啊啊啊啊！」

今天太漫長了，從運動會開始，四姊輸掉原本該贏的比賽，到五姊厚著臉皮拿下的寶貴勝利，到男子八百公尺比賽，我被雲逸強制出局，再來到運動會結束的同時，三姊終於離開房間，短短幾句話就拆解了戀鬥社，最後我以為元希惱羞成怒，同時綁架四姊、五姊和……卻沒想到……

不，算了，不能再想，不然腦袋會燒掉。

即便腦袋的安全機制再度啟動，但我的雙腳已經承受不了，一陣痠麻從腳跟竄起，膝蓋驀然彎曲，標準的 Orz 姿勢，就出現在三姊的房門前。

其實我只不過是想好好放鬆而已啊……喔不對，其實我只不過是想在沒有鬼的地方好好放鬆而已啊。

所有人都在這了，大姊二姊三姊四姊五姊和小夢都在，我們家大概好幾年沒這樣熱鬧過……如果此刻是一本小說的結尾，那下一集一定非常精采吧。

「……二姊，忘了告訴妳，歡迎回家。」

我淚流滿面。

後記

究竟，這是元希無情的捉弄，還是二姊痴女的慾望在作祟，又或者是唷學姊影響的是非善惡及因果循環？

整起事件已經進入撲朔迷離的羅生門，大姊、二姊、三姊、四姊、五姊、元希、唷學姊和狂龍之間，似乎瀰漫著詭譎多變的關係，關於狂龍在夜晚的學校內隱藏著什麼不為人知的祕密呢？不願想起的記憶又是什麼？狂龍和小夢之間有什麼約定？抑或是另有隱情？真相到底是什麼？

欲知詳情，請繼續收看《有五個姊姊的我就註定要單身了啊》，關鍵第四集！

「是演夠了沒？」編輯飛踢而來。

嗯，各位，下集見吧。

啞鳴

徵稿

輕小說
BL 小說
徵稿中

尖端出版誠徵輕小說／BL 小說稿件。錯過了一年一度的浮文字新人獎嗎？現在也有常設性的徵稿活動囉！歡迎對寫作有熱情的朋友，一起來打造臺灣輕小說／BL 小說世界！

1. 投稿內容：

★以中文撰寫，符合尖端出版定義之原創長篇「輕小說／BL 小說」。
★題材、形式不拘，但不得有過當之血腥、色情、暴力等情節描寫。
★稿件需為已完成之作品，字數應介於 80,000 字至 130,000 字間（含全形標點符號，以 Microsoft Word「字數統計功能」之統計字元數（不含空白）為準）。
★投稿時請註明：真實姓名、筆名、聯絡方式（手機、地址）、職業。
★投稿時請提供：個人簡歷（作者介紹）、人物介紹、故事大綱及作品全文，以上皆請提供 WORD 檔。

2. 投稿資格： BL 小說投稿需年滿 18 歲；輕小說無投稿資格限制。

3. 投稿信箱： spp-7novels@mail2.spp.com.tw

★標題請註明：【投稿輕小說／BL 小說】作品名稱 by 作者名
★審稿期約為二～三個月，若通過審稿，編輯部將以 EMAIL 回覆並洽談合作事宜；未通過審稿者恕不另行通知。

4. 注意事項：

★投稿者需擁有作品之完整版權。
★不得有重製、改作、抄襲、仿冒或其他侵害他人權益之情事。
★請勿一稿多投。
★若有任何疑問，請直接 EMAIL 至投稿信箱，勿來電洽詢。

尖端出版

浮文字

有五個姊姊的我就註定要單身了啊03

著　者／啞鳴
發 行 人／黃鎮隆
總 編 輯／洪琇菁
執行編輯／陳善清
企劃宣傳／邱小祐、劉宜蓉
封面插畫／迷子燒
協　理／陳君平
國際版權／林孟璇、劉惠卿、王薇
美術編輯／李政儀
內文排版／謝青秀

出版／城邦文化事業股份有限公司　尖端出版
台北市中山區民生東路二段一四一號十樓
電話：(〇二)二五〇〇七六〇〇
傳真：(〇二)二五〇〇二六八三
E-mail：7novels@mail2.spp.com.tw

發行／英屬蓋曼群島商家庭傳媒股份有限公司城邦分公司　尖端出版
台北市中山區民生東路二段一四一號十樓
電話：（〇二）二五〇〇—七六〇〇（代表號）
傳真：（〇二）二五〇〇—一九七九

北部經銷／祥友圖書有限公司
電話：（〇二）八五一二—三八五一
傳真：（〇二）八五一二—四二五五

中部經銷／高見文化行銷股份有限公司
電話：〇八〇〇—〇五五—三六五
傳真：（〇二）二六六八—六二二〇

雲嘉經銷／智豐圖書股份有限公司　嘉義公司
電話：（〇五）二三三—三八五二
傳真：（〇五）二三三—三八六三

南部經銷／智豐圖書股份有限公司　高雄公司
電話：（〇七）三七三—〇〇七九
傳真：（〇七）三七三—〇〇八七

一代匯集／香港九龍旺角塘尾道六十四號龍駒企業大廈十樓B＆D室
電話：（八五二）二七八三—八一〇二
傳真：（八五二）二七八二—一五二九

新馬經銷／城邦（馬新）出版集團Cite (M) Sdn. Bhd.
E-mail：cite@cite.com.my
大眾書局（新加坡）POPULAR（Singapore）
E-mail：feedback@popularworld.com
大眾書局（馬來西亞）POPULAR（Malaysia）
E-mail：popularmalaysia@popularworld.com

法律顧問／通律機構
台北市重慶南路二段五十九號十一樓

二〇一四年十月一版一刷
二〇一六年六月一版七刷

■中文版■

郵購注意事項：
1. 填妥劃撥單資料：帳號：50003021戶名：英屬蓋曼群島商家庭傳媒(股)公司城邦分公司。2. 通信欄內註明訂購書名與冊數。3. 劃撥金額低於500元，請加附掛號郵資50元。如劃撥日起 10～14日，仍未收到書時，請洽劃撥組。劃撥專線TEL：(03) 312-4212 ・ FAX：(03) 322-4621。E-mail：marketing@spp.com.tw

國家圖書館出版品預行編目資料

有五個姊姊的我就註定要單身了啊03 / 啞鳴 作.
—初版. —臺北市：尖端出版，2014.10
冊 ； 公分
ISBN 978-957-10-5712-5(平裝)

857.7　　　　　　　　103009635